應鳳凰 著

■戒嚴時期台灣作家的文學史位置

文學史敘事與文學生態

目次

序章

何謂「文學史敘事」？何以是文學研究不可輕忽的一環？用最簡單的話回答：除了文學評論與作品本身，我們進一步關注「文學史如何呈現文學的過去」。

「文學史」定義人人皆知，坊間有各式各樣「文學史書」出版。值得注意的是，「文學史懷胎與生產」要比一般人想像複雜得多。「文學歷史」雖存在於過去時空，但「文學史」卻是由眼下「現代人」來撰寫。也因此，不同作者，從不同角度、觀點「敘述歷史」時，即使面對同一時段或同一作品，也有全然不同甚至相反的詮釋。海峽兩岸學者「各自表述」的「台灣文學史」便是明顯的例子。

按說只要「文學」存在，就會有「文學歷史」，中國文學史因此能上溯至《詩經》存在的數千年前。文學歷史固然源遠而流長，但「文學史」生成與書寫，走向一門有理論有類型的學科，卻是晚近的事。第一本「中國文學史」還是由外國人撰寫的。而第一本由中國人撰寫的中國文學史，則是1904年由林傳甲在晚清「京師大學堂」編寫的授課講義。[1]

1　陳國球：〈「錯體」文學史——林傳甲的「京師大學堂國文講義」〉，《文學史書寫型態與文化政治》，北京大學出版社，2004年，頁45-66。

學堂原是清末中國被迫「接受西學」而設，說明「中國文學史」的誕生不但與「西風東漸」有關，還是「文學」在學府裡「立科」的開始。[2]

這些例子已揭示「文學史懷胎生產」的複雜程度。更切身的實例：最早一本「台灣文學史」也不是台灣人自己寫的。葉石濤1987年完成《台灣文學史綱》[3]之前，大陸早已出版好幾種版本。當時兩岸還互不往來，大陸在資料極度匱乏下，不免錯漏百出──而在條件不足的情況下，仍「汲汲生產文學史」的動機是什麼呢？很少人進一步追問。香港的情形也類似。「九七回歸」前後，中國學者一口氣推出好幾種「香港文學史」，而截至目前(2012年)，由香港人自己撰寫的文學史尚未面世。從書寫動機到史觀角度，「文學史敘事」既如此複雜多面，不同史書敘事在一地重疊流通時，不但未能給文學家清楚詮釋，常常還如迷霧般，模糊了人們對作品的正確認識。

什麼是「文學生態」？何以探討「文學史敘事」應該一併討論？簡單地說，文學生態即某一時期「文學社會」，類似一般人說的「文壇」而更強調其內部結構。「文壇」偏於全稱概念，正如我們說「政壇」、「影壇」、「體壇」，似有其特定疆界，但內容並不明確。「文學社會」一詞更適宜進一步探討其組成因素，分析內部結構。

2　陳國球：〈文學立科──「京師大學堂章程」與「文學」〉，《文學史書寫型態與文化政治》，北京大學出版社，2004年。

3　葉石濤：《台灣文學史綱》，高雄：春暉出版社，1987年2月。

　　「文學社會」顧名思義由「文學人」組成，乃「文學生產者與消費者」結合而成的社會，成員除了作家、評論家、出版家、編輯家，還包括廣大的文學讀者。「文學社會」與其他任何社會同樣繁複多元——作家生產作品，需要刊登的媒體(如雜誌、報紙)，作品印行靠傳播與通路(如出版社、書店)。為鼓勵文學生產，又有公私機構辦的文學獎項，邀請專家或非專家齊聚評審。不論競爭獎項或爭取市場，其政治角力、商業機制等權力運作隨之誕生。

　　換句話說，「文學生態」包含文學社會裡種種政治經濟和文化活動，與其他權力場域一樣，文化場域裡「權力的網絡」影響著作家作品位置的高低。近年文學史理論前仆後繼，其中如布拉格學派，兼採符號學原理與接受美學觀念，認為文學史的重要任務之一，便是要闡明、解析特定時期、特定地區的「文學生態」。例如列舉代表性作家與作品之外，文學史敘事還需把數量龐大的文學消費者，與影響主流品味的「文學評論者」(評論標準)一併考慮進來。

　　台灣面積雖小，由於特殊歷史與政治背景，和其他國家地區相較，「台灣文學社會」不但生態特殊，各種意識型態交織而成的權力網絡也特別綿密繁複。單看其族群的多元、國家認同的混亂、殖民地文化的餘緒等，種種因素使得「文學史敘事」有如多頭馬車。本書即緊扣戰後二、三十年間文學環境，選擇八位作家為討論個案，從文學生態與文學史敘事相互辯證關係，藉以釐清他們個別的文學史位置。

　　以作家柏楊的「文學史敘事」為例：他在初來台灣的

1950年代，以「郭衣洞」本名發表長、短篇小說，質與量都不差，卻因後來寫了大量方塊雜文得罪當道，坐了國民黨九年監牢，以至作品全遭查禁而消失於文壇。等他出獄之後，即使自行整理重印，主流思潮已流動更替，後來生產的兩岸文學史書皆不見郭衣洞蹤跡。本書第四章即以「尋找小說家郭衣洞的文學史位置」為題，從後解嚴視角，探討兩岸研究者意識型態論述如何在「歷史敘事」裡運作與相互角力。

　　另一個例子是首章的郭良蕙及其「心鎖事件」。1962年小說「心鎖」於副刊發表後成書出版，卻以「亂倫/敗俗」罪名被官方查禁，美女作家因而被兩個「作家協會」開除會籍。文壇沸沸揚揚，眾多支持者反對者，或標舉「創作自由」的重要，或強調作家有「社會責任」，形成一場熱鬧的「心鎖論戰」，且結集成書出版。此一文學事件同樣缺席於各版文學史書。「心鎖事件」之例，指向另一層面的文學史敘事問題──目前「台灣文學史」書寫，大多站在靜態的或分離式的實性思考。若在靜態的羅列作品之外，也能注意到文學創作其實存在於一個「龐大而繁複的動力網絡」，或「文學體制」之中，更加注意「作品/事件」與文學生態的互動關係，或可從中發展出文學史敘事一個新面向。

　　本書其他六章也都是類似的論述主題。八位作家大多數活躍於戰後1950至1960年代的台灣文學社會。國民黨初來台灣，即實行戒嚴，這兩個「年代」正是戒嚴時期最前面二十年。把作家作品放在「戒嚴下」的文學生態加以討論，既反映出作家如何在一個受干預的文學社會從事生產，也能進一

步認識政府文藝政策如何在文學場域運作，如何影響文學生產。

　　就年齡言，除了許達然(出生於1940年)最年輕，其餘七家都出生在1915至1925年之間。換句話說，討論他們所在的文學社會，所活躍的文學舞台，適逢他們三十歲前後的寫作旺盛期。八家之中有三位女性小說家——郭良蕙之外，是潘人木與聶華苓，探討其文學史敘事多少牽涉到女性議題。

　　就「文類」而言，八家中有「五位小說家、三位散文家」。散文家的討論集中於第五、第六、第七這三章，分別是：王鼎鈞、陳之藩、許達然。而五位小說家裡，除了前面舉例的二郭(郭衣洞、郭良蕙)，以及兩位女性作家(聶華苓、潘人木)，最後一章討論居住南台灣的鍾理和。他1915年出生，1960年去世，是本書八位作家裡年紀最大，卻也是最年輕早逝的一位。鍾理和創作旺盛期在「1950年代」，這十年卻也是他被文壇冷落，身處邊緣位置的十年。台灣文學史書寫有鍾理和的篇幅與位置，都要等到1970年代以後——其作品之經典化與本土文學思潮興起有著密切關係。也因為他這樣特殊的個案，提供另一面向的「文學史敘事」議題而收入此書。

第一章

從郭良蕙「《心鎖》事件」探討文學史敘事模式

一、緣由與背景

　　1962年1月4日起，台北《徵信新聞報》(中國時報前身)「人間」副刊逐日刊登女作家郭良蕙長篇小說《心鎖》。依當時文藝副刊慣例，除了每天刊登各地投來的短篇作品，通常也有「長篇小說連載」的欄目：每天登載一小段，約六百到八百字之間。五個半月後，即6月19日，小說全文刊畢，同年9月《心鎖》出版單行本，由高雄「大業書局」印行。出版社找美術家廖未林專為此書設計封面。郭良蕙是1949年從大陸到台灣的軍人眷屬，早期隨夫婿住南部，已在大業出過好幾本書。《心鎖》上市一個月後即再版，1962年年底三版，出書三個月有此成績，顯見銷路不錯。

　　《心鎖》是一部以「寫作當時」的六〇年代台灣社會為背景，題材圍繞著男女戀情與婚姻糾葛的長篇小說。第一女主角夏丹琪是一位大學生，原有同樣在學的年輕戀

《心鎖》第一版（大業版）

人，卻為了報復情人對她不忠，負氣而嫁給一位家世富裕，性情忠厚的醫生。沒想到結婚之後，舊情人成了妹婿，而丈夫的弟弟更是情場老手，對她百般勾引，使得女主角婚後情不自禁地，經常翻滾於慾海與道德懺悔之中。主角既有人妻身分，每每在難以控制的情慾交歡之後，陷入自我譴責的悔恨當中，如此糾纏反覆，掉在不同男人的情網與欲望之間無法自拔。

　　台灣文壇自六〇年代以降，尤其瓊瑤小說在市場大受歡迎之後，類似《心鎖》的內容題材，很容易被後來的研究者歸類為「文藝愛情小說」或「言情小說」，將其列入通俗或大眾文學的範疇。[1]但就當時讀書市場及文壇生態而言，並沒有「通俗」或「嚴肅」文學的明顯區分。郭良蕙小說連載於主流副刊將近半年，在文藝圈裡，這意味著作品獲得報刊主編肯定，是作家擁有足夠知名度與讀者群的表徵。資深作家鍾肇政在解嚴後發表的「文學回憶錄」裡，曾提到他長篇小說《魯冰花》創作之初(1960年)被聯合副刊主編接受時的驚喜與興奮，說明了當時能在「副刊連載小說」，對一個寫作者而言，除了作品受肯定，更是取得「作家身分」的有力證明——名字時常在文學副刊出現

1　2001年由女書店出版，邱貴芬主編《日據以來臺灣女作家小說選讀》，關於《心鎖》解讀部分即為顯例。

方具備「作家」的正當性。

　　郭良蕙此時在台灣文學場域的位階，自然遠遠高過處在邊緣位置的鍾肇政等省籍作家。她握有豐厚文化資本：來自上海，擁有高學歷及高創作量，是佔據著主流位置的大陸來台作家。已出版二十部小說的她，活動力也很強：既是電視藝文節目主持人，也寫電影劇本，擔任電影女主角，被封為「最美麗的女作家」。郭良蕙原籍山東，1926年出生於開封，十一歲因中日戰爭隨家人避亂西安，在那裡完成中學學業。以後進四川大學，1948年轉入復旦大學外文系，畢業後在上海當過幾個月記者。1949年與空軍飛行官結婚，因國共內戰而隨丈夫飛到台灣。剛來台住南部空軍眷村，因熱愛文藝又有稿費收入而投身寫作。外文系背景的她本想從翻譯入手，也譯過小說，但感到翻譯不能抒發己見，於是執筆創作。五〇年代寫了大量作品向文藝報刊投稿，作品普遍受編輯肯定而陸續出版，同時結交不少文友而成為幾個作家協會會員。

　　她外表亮麗，打扮入時，常接受媒體訪問。寫《心鎖》的六〇年代初期，適逢她創作力、活動力最旺盛的階段，是文壇一顆閃亮的明星。或許光芒太耀眼引人側目，受作家同行嫉妒。《心鎖》發表不久，即引來一篇篇「敗德」「情色」的指控與批評。批評她的人，不乏資深作家而且是

郭良蕙

文壇佔有權力地位的老一輩作家。由於批評者的知名度與權力地位，也由於老作家透過文藝團體向官方檢舉，於是書被政府查禁，作者也被幾個「作家協會」先後開除。之後也有不同陣營的作家媒體為她辯護，互相論爭，事件越滾越大而形成一場文壇論戰。這場「禁書三部曲」——從批評、查禁、開除，到論戰，範圍一次比一次擴大，使得《心鎖》成了六〇年代爭議最多的一部小說。

二、從一部小說到一場論戰

　　1963年3月，身兼國民黨各「作家協會」核心成員，成功大學中文系教授蘇雪林，先在《文苑》，後在《自由青年》等半官方雜誌上，針對此書發表文章。作者直接判定作品是「黃色小說」，並用「亂倫」，這一儒家社會裡代表深重罪孽的字眼，指責它「傷風敗俗」，且認定作者目的在賣書以圖個人利益：

> 《心鎖》最令人可惡的是教人亂倫。夏丹琪嫁後與小姑之夫范林繼續私通，是亂倫第一例，和小叔夢石發生關係是亂倫第二例。這樣以傷風敗俗，陷溺青年為代價來滿足私人的利益，居心是極要不得的！[2]

　　文章發表之前，《心鎖》已遭查禁，此文是訴諸輿論的後續動作。蘇雪林另一篇文章則以「公開信」的形式刊出：

　　　　近年文壇作風大變，黃色文藝盛極一時，考其原因，無非為了台灣太小，能寫作的人又太多，作品沒有什麼暢銷，遂想利用刺激性較強的黃色文藝，來撩撥讀者好奇心。……我尚有四點針對此事的建議：(一)貫徹「心鎖」的禁令；(二)對故意撰寫黃色文學之作家不妨激烈抨擊，不必姑息；(三)禁止廣播公司為黃色文藝作義務宣傳；(四)再掀起數年前道德文學的討論，……[3]

　　文章題目雖為「致……雜誌的一封信」，字裡行間卻像是長輩對小輩或上級對下級的口吻。同樣的，另一位在大陸舊國民黨時期即已成名，寫過《女兵自傳》的著名作家謝冰瑩，也發表〈給郭良蕙女士的一封公開信〉，刊在5月份同一刊物。她直接以問罪的語氣，質問郭良蕙：

　　　　……為什麼你要寫這些亂倫的故事？……你要革

2　蘇雪林：〈評兩本黃色小說——《江山美人》與《心鎖》〉，《文苑》2卷4期，1963年3月，頁4-6。

3　蘇雪林：〈致「自由青年」雜誌的一封信〉，《自由青年》335期，1963年3月18日，頁68-69。按《自由青年》創刊於1950年，最早為旬刊，第11卷起改為半月刊，42卷起又改為月刊，共發行742期。

命，反抗，反傳統，反封建，……於是你提倡
「亂倫」，說出人類都是和禽獸一樣需要性生
活，整個的心鎖，描寫性行爲，所以你發了財！
這本書的銷路越好，你製造的罪惡感越大，你忍
心用這種骯髒的，犧牲無數青年男女的前途換來
的金錢嗎？[4]

　　蘇雪林與謝冰瑩兩人除了是「台灣婦女寫作協會」核
心會員，也是其他作家團體如「中國文藝協會」「中國青
年寫作協會」重要成員。1962年11月「婦協」向國民黨政
府內政部檢舉，以《心鎖》內容亂倫、穢淫，要求政府
查禁此書。內政部遂於1963年1月10日發出公文給全台灣
各警政及新聞單位，說明：「……《心鎖》一書違反出
版法，依法……予以禁止出售及散佈，並得予以扣押處
分。」

　　謝冰瑩另在全台會員更多，組織更大的「中國文藝協
會」提案，要求開除郭的會籍。提案人認爲：「郭良蕙長
得漂亮，服裝款式新穎，既跳舞又演電影，在社交圈內
活躍，引起流言蜚語。當時社會淳樸，她以這樣一個形
象，寫出這樣一本小說，社會觀感很壞，人人戴上有色
眼鏡看男女作家，嚴重妨害文協的聲譽，應該把她排除
到會外。」1963年5月，「文協」於一年一度紀念「五四

4　謝冰瑩：〈給郭良蕙女士的一封公開信〉，《自由青年》339期，1963年5月出版，頁17。

文藝節」會員大會上，對外發佈新聞：一是註銷會員「黃色小說作家」郭良蕙的會籍，二是發表一項「嚴正聲明」，提出「當前文藝工作與我們的主張」，說明郭良蕙因觸犯協會公約第三條「誨淫敗德」，所以被開除會籍。[5]

「文協」成員遍佈台灣文壇，幾乎各大副刊、雜誌及出版社主編，無不是文協會員。該會成立以來，很少如此大動作開除一個作家的會籍，而且是女性作家，可以想見在一個男性多數的文人社會裡，造成多大的輿論壓力。郭良蕙為澄清個人名譽，11月曾召開記者會為自己申辯，也委託律師向省政府新聞處提出訴願。然而不只沒有結果，在一片撻伐聲中，電台原正播放她一部長篇小說即刻停播；原在電視台主持一個「藝文學苑」的節目也同樣遭到停播的命運。

「禁書事件」本身的後續影響有二：其一，禁書的正當性以及《心鎖》屬性問題，例如內容是否為「黃色小說」，引起作家紛紛發表文章公開討論，且正反意見都有而形成熱門話題。你來我往數十篇文章，最後由余之良編輯成一本文集，以《心鎖之論戰》的書名出版。其二，大批論戰

余之良編輯《心鎖之論戰》

5　王集叢：〈郭良蕙「心鎖」問題與文協年會聲明〉，《政治評論》10卷6期，1963年5月，頁17-18。

文章，引起大眾好奇心，刺激讀者紛紛買小說來讀。換句話說，談論越多越是炒熱書的銷路。地下書商發現有利可圖而大量翻印，書雖查禁卻隨處可買。眞是不禁則已，查禁《心鎖》反而使它更加暢銷。

三、心鎖事件內容與文本

對於蘇、謝等老一輩作家的抨擊，郭良蕙出書之前似有預感，已作心理準備。從來出書很少寫前序後記的她，這次破例在初版加「後記」一篇，題爲〈我寫「心鎖」〉，先在人間副刊發表。作者表明：她寫這部小說偏重人物的感受以及心理變化，並再三重申，她沒有「語不驚人死不休的野心」，只是「爲藝術而藝術，即使進展到兩性關係的描寫，我的寫作態度也是嚴肅的」。她已準備好接受打擊，文中說：

> 沒有人能夠做到打左臉，給右臉，但是做到不輕易還手並不太難。《心鎖》的單行本出版以前，我正在靜靜培養大量的勇氣以及容忍力。

文末記錄她寫此文的時間：1962年6月。它預示著，即使作者被謾罵攻擊，也會盡力容忍不做反擊。她預想不到的是，書被查禁，緊接著1963一整年，文壇出現各式各樣評論《心鎖》的文章，正反面都有，不只前述如蘇、謝

等「衛道者」姿態，還有更多其他面向的討論，從藝術技巧到宗教、社會、文藝政策、創作自由等，文壇的熱烈討論效應，自與官方查禁動作密切相關。

以反共小說得獎成名的軍中作家郭嗣汾認為：《心鎖》的故事是牽強的，主題是模糊的，雖然作者「設法求新，試著走新路，……人物也是鮮明的」。[6]他肯定郭良蕙付出的心力，但認為小說藝術上並不成功。另一位筆名「金女」的評論家，認為《心鎖》作者基本上是採取了「落後的自然主義創作方法」。她以為自然主義在當代文學各種流派裡，並不是最好的東西，它很容易產生因作者的冷漠人生態度而暴露出弊病：

> 整部作品所表現出來的精神是：理智絕對地被邪念戰勝，道德絕對地被肉慾戰勝。並把這種精神的顛倒的責任歸究在生理的本能上。[7]

金女認為《心鎖》作者的錯誤不在於進行了性的大膽描寫，也不在於塑造了一個淫婦形象的本身，而在於未能把這種責任引向社會方面。

社會角度之外，也有人從宗教觀點給予正面評價。董保中認為這部作品：「含有嚴肅的人生及道德意義，……主題可以說是女主角夏丹琪的『沉淪與得救』。郭良蕙是

6　郭嗣汾：〈從創作觀點看「新」與「心鎖」〉，《作品》4卷8期，1963年8月，頁15-18。
7　金女：〈我對「心鎖」的意見〉，《自由青年》30卷8期，1963年10月16日，頁11-14。

《心鎖》（時報版）

把宗教拉到地面上來解決人生問題，而不是把人類提昇到天堂。」

五〇、六〇年代台灣文壇與香港文化界關係密切，現成的例子是香港出版的《亞洲畫報》在122與124兩期以專輯方式，大篇幅討論「心鎖事件」，內容集中於「寫作自由」與「政府查禁」書籍諸問題，並在結論上傾向於支持郭良蕙的創作意志。

上述各種論點，不過是當時一系列評論內容的部分抽樣。無論如何，「心鎖事件」絕非「一個人一本書被查禁」的單一現象。從文學史的角度來看，它牽涉國家文藝政策，呈現台灣文學生態。不但當時參與討論的人數眾多，討論的面向也很廣。值得注意的是，整個事件雖留下豐富「文本」，當代文學史書寫卻極少取用。例如被禁二十六年，在國民黨解嚴之後終於解禁的《心鎖》，在台灣文學史裡卻很少被提及。關於這本書的「批評、查禁、論戰」等來自四面八方的意見與文件，更是心鎖事件「集體文本」——大半收在《心鎖之論戰》一書，小部分還留在各雜誌副刊，也同樣乏人問津。心鎖事件若是六〇年代「台灣文學史書寫」不可忽略的一環，它怎樣被書寫與忽略的前因後果，便是本文後半部探討的重心。

四、心鎖事件與兩岸文學史敘事

　　台灣文壇六〇年代前期爆發的「心鎖事件」，既源自文藝作品被政府查禁，又有許多作家參與論爭，就呈現某一時地「文學生態」而言，牽涉作家選材與創作自由、官方作家組織、作家社群與道德符碼、市場機制與政府文藝政策等等。按說參與的文人眾多，留下的第一手資料豐富，應是文學史書寫不能也不願遺漏的對象。事實卻不然，審視海峽兩岸印行的各種文學史，不論是頁數少的「簡史」或多人合寫的大部頭文學史，五、六〇年代相關章節，大多看不到《心鎖》蹤影，更別說相關論戰，彷彿文壇從未發生過這件事。探索此一「文學史現象」的緣由，或與文學史固有的「敘事模式」有關。各版台灣文學史多以作家作品為中心，先歸納出一個「文學時期」，再以此特徵加以演繹敘述。此一書寫模式形成「心鎖事件」或其他非主流作品都難有呈現的空間。

　　台灣出版最早，知名度也最高的文學史，是葉石濤完成於1987年的《台灣文學史綱》。凡事起頭難，葉著出版得早，儘管「撰史」非其本業，只是寫小說與教小學之外的產品。但｜史綱」筆路藍縷，從無到有，具有無可取代的開拓性意義，其敘事模式，更大大影響以後台灣和大陸的文學史書寫。

　　黎湘萍一篇文章論及「兩岸文學史敘事」，便將此一

模式及歷程說得很清楚：

> 大致而言，「台灣文學史」的敘事都經歷了這樣一
> 個類似的過程：首先是對作家作品的介紹、評論，
> 其次又從介紹或評論文章形成各種「概觀」性的論
> 著，如「史綱」「簡述」「概要」等類著作進化爲
> 「文學史」。葉石濤的「史綱」經歷了這樣一個轉
> 化的過程。在大陸出版的台灣文學史著作，也同樣
> 經歷了這樣的過程。[8]

　　這個先「作家作品」，而後「概觀」，最後「文學
史」的模式，放進葉著文學史「戰後章節」的實例來看，
便是由幾部主流小說：如姜貴的《旋風》、張愛玲的《秧
歌》等，歸納出：五〇年代是「官方文學思潮」當道的
「反共文學時期」。而六〇年代主流是「橫的移植」，是
「無根與放逐」的「現代主義文學時期」——這種以「十
年爲一段」的分期模式，自史綱出版之後二十多年來不斷
被各史書所沿用，包括各類歷史論述，文學教材，幾乎
已成文學史定論。讓人好奇的是，何以戰後必須這樣分
「段」，戰前的日據時期或更早的文學史敘事都不用「十
年」的分段模式。
　　五〇年代台灣文壇當然不會只有一種反共文學，六

8　黎湘萍，〈時間的重軛——略談台灣文學之性格及其歷史成因〉，奈良：《中國文化
　　研究》第24號，2008年3月26日，頁125-147。

○年代生產的也不全都是「無根與放
逐」。例如暢銷的《心鎖》，既不
是反共題材，寫作形式也不「現代
派」。而小說發表的時間點落在1962
年，正好夾在「兩段時期」中間──
其題材乃當代家庭倫理，自不屬前段
「反共懷鄉文學」，更無法納入六○
年代現代主義文學。這裡並不是說

《心鎖》（九歌版）

《心鎖》有多麼重要，非納入哪一個時期不可，而是想透
過實例，檢視既有的文學史敘事及相關問題。

　　例如，在衡量《心鎖》歸屬的同時，我們發現：幾
成定論的「五○－反共」、「六○－現代」之「分期模
式」，其實並不在同一個標準上作劃分──前者是「文學
題材」，而後者是「文學形式」或一種「藝術手法」，如
此未依相同標準，顯然不是理想的分期原則。《心鎖》兩
邊都不屬只是小小個例；若有其他作品「以反共為題材，
以現代主義為技巧」，則兩個時期都可以納入，顯現這個
分期模式的矛盾與漏洞。

　　延續此一分期模式，另一個歷史敘事問題是：「文學
史」必定是「由一部一部作品串連起來的歷史」嗎？敘事
過程必須先由「評論、介紹作家作品」，而後形成某一時
期的特色嗎？以兩岸既有的文學史敘事方式，答案似乎是
肯定的。而撰史者在選擇重要作家或歸納作品屬性的時
候，採取的標準常常是很隨興的。哪些作品更能代表一個

文學時期的主流特徵於是因人而異。有人選擇藝術技巧高讀者卻極少的精英作品，有人選擇大眾感興趣因而廣泛流傳的作品。精英與通俗，哪一個更能呈現一個時期的「文學歷史」？

五、文學體制的概念

　　現成文學史著作很多例子足以說明，用「作家作品」來「概觀」的敘事模式，先天上帶著不少矛盾。舉1991年廈門出版的《台灣新文學概觀》[9]為例，書中第三章：〈五〇年代小說創作〉分成四節，第一節〈戰鬥文藝的氾濫〉，第二、三、四節則一節一位作家，分別介紹林海音、鍾理和、鍾肇政。第一節類似「全章綜述」，短短篇幅列出幾位軍中作家作品的名字，以後各節則雙倍以上篇幅，詳細介紹單一作家作品。

　　第四章〈現代派小說〉採相同模式。第一節簡述〈現代文學的流行〉，從第二節到第五節，每節一家，介紹聶華苓、於梨華、白先勇、陳若曦共四家作品。此一文學史敘事模式明顯的矛盾是：既然「五〇年代」被概觀為「戰鬥文藝」，卻介紹了三位，且僅有三位，全然與「戰鬥文藝」無關的作家。三位作家之中除鍾理和(1960年去世)之

9　黃重添、庄明萱、闕豐齡合著，《台灣新文學概觀》(上冊)，廈門：鷺江出版社，1991年6月。

外，林海音與鍾肇政的重要作品在五〇年代都還未出版。
「六〇年代」一章呈現同樣矛盾。現代主義小說家如歐陽
子、王文興、七等生、王禎和等並無單節詳加介紹，前述
列舉的陳若曦等四位作家，相對而言反而是比較沒有現代
主義色彩的。以上漏洞皆可從前面討論的「文學史分期」
問題找到來源。例如於梨華小說手法雖非「現代派」，然
而她以「留學生文學」知名。換句話說，撰史者以「題
材」來分期──前面是反共文學，後面是留學生文學。這
裡明顯的矛盾是，「留學生題材」並不就是「現代派小
說」，於梨華不應歸入現代派作家。

　　關於「台灣六〇年代現代派」文學研究，九〇年代中
後期已逐漸完備而深入。尤其在美國執教的學者張誦聖一
系列論文，對此一流派的來龍去脈有十分細緻的探討。除
了評論作家與作品，更重要的是，她借助西方理論，將
「文學場域」「文學體制」等概念運用於台灣文學歷史敘
事，在方法論與歷史書寫上開展出新的視野。舉例來說，
她借用德國學者Peter Burger文藝社會學的概念，將廣義
的「文學」視為一個「現代社會體制」。這個概念分兩個
層面，一個是比較具體的，如出版社、文學社團、作家協
會等關係到文學生產與傳播的硬體機構或組織。另一個層
面是比較抽象的，軟體的概念，如寫作成規、美學傳統；
如分辨什麼是好的文學，什麼不是的「評價標準」，流行
的「審美意識」等，是經由各種「體制性力量」的傳播，
取得文學正當性的種種論述與觀念。總之，「文學」也是

一種「社會體制」，不僅是個人創作想像力的結晶，更是
社會上多股力量交叉、集體經營的產物。借用「文學體
制」一詞的理由是，希望能看清一些「傳統研究裏不常正
視的力量，及其結構性運作」。[10]

　　她也帶入法國學者布迪厄「文化生產場域」(The Field of
Cultural Production)的概念。所謂「文學場域」，雖然與政治
場域或經濟場域多有重疊，但任何場域都具有自主性和獨
特的運作規則。同樣的，她也運用「場域」的概念，來扭
轉兩岸文學史書寫以作家、作品為中心的實性思維，並強
調「以整體文學場域裏的結構關係」的思考面向。「文
學體制」「場域」等觀念對文學史敘事最大貢獻是，將
文學研究從「實質性思考」(substantial thinking)轉向「關係性
思考」(relational thinking)。她批評兩岸文學史家多偏向實性思
考，採用「靜態的、分離式的文學史觀」，以作家作品為
構築文學史的基石，而忽略了文學創作存在於一個龐大而
繁複的動力網絡中的事實。

　　以她的研究成果，1993年在美國出版的《台灣當代現
代主義小說》[11]為例。書中就朱西甯、林海音等四位作家
作品，歸納出五〇年代台灣在「主導文化」框架中，發展
出來的文學屬性有下列幾項：(1)經過轉化的中國傳統審

10 張誦聖，〈文學體制、場域觀、文學生態：台灣文學史書寫的幾個新觀念架構〉，香港：
　《現代中文文學學報》6卷2期，2005年6月。

11 "Modernism and the Nativist Resistance: Contemporary Chinese Fiction from Taiwan",
　Duke University Press, 1993.

美價值；(2)保守自限的世故妥協心態；(3)受都市新興媒體影響的中產階級品味。她同時指出，五、六○年代台灣的主流文學不能以慣常的反共軍中題材與鄉愁文學泛泛而論，必須注意到一種更為隱蔽的「美學框架」：融合古典抒情與五四浪漫遺緒的「軟性寫實文學」形式，是這樣的美學框架設定了作家處理題材的方式。

　　此處無意深入張誦聖的研究成果，而是舉例說明文學史敘事的另一種面向。文學史不單是作家作品串連起來的歷史，還應該包括產生作品背後那個「文學場域」與文學生態。引張教授一段話，有助於打開另一種思考途徑：

> 如果我們接受後結構主義理論的啟示，而認識到所有的意義單位，包括作品和個人的主體意識，實際上都是由文化社會中各種意義系統交會組構而成，那麼我們文學研究的最重要的對象，便應該是各種意義系統交匯時的動態關係。[12]

六、文學場域與時間差

　　從思考「作品及其社會背景的動態關係」出發，審視

---

12 張誦聖，〈現代主義、台灣文學和全球化趨勢對文學體制的衝擊〉，《中外文學》35卷4期，2006年9月。

1960年代前半的「心鎖事件」，當會從文學作品的實性思維，轉向「文學體制」或「文學場域」的關係性概念，關注當時文學生態的整體樣貌，注意到文壇上不同位置作家群的互動關係。國民黨政府於1949年末，方從中國內戰失敗撤退台灣。倉惶逃亡的政權為了把統治機器在台灣島上儘快安裝起來，不到半年，即1950年5月便動員核心黨員於文壇成立「中國文藝協會」。包括葉氏史綱在內的各版文學史，都不忘在五○年代章節，敘述這個實際由官方運作的作家團體的成立。然而各史書卻少有機會揭示其運作內容，更未及於這個龐大網絡對文壇的影響力，尤其它與文學生產、傳播等具體而密切的關係。

　　布迪厄的場域理論提醒文學研究者：外在環境裏政治、經濟或科技的變革(即重疊在「文學場域」之上的各種「權力場域」)，對文學的影響並非直接反映在作品裏，而是通過加諸於文化場域的結構、場域內部規則的根本性影響，產生一種「折射」的效應。將這樣的折射關係與影響，應用到「心鎖事件」的查禁與開除：一般文藝團體或作家組織，無不以維護自己會員權益，即作家的出版自由為目標，這本來也是做為「協會」的宗旨與天職。台灣的「作家協會」竟反其道而行，由文藝組織向政府告發自己會員，請求查禁其作品，就民主社會而言是極不可思議的行為。

　　換句話說，文學史書寫或敘事方式無法不面對一個時期的文化政治。「心鎖事件」提供一個極好的實例，說明撰史者所面對的不僅是一部部作品，還要加上產生這些作

品背後的關係網絡或文學體制。同樣的邏輯，不單是「文學創作」如小說、新詩、散文等才是文學史敘事的對象或「文本」，各種宣言、雜誌發刊詞、文學獎徵稿規則等，無不是文本而折射著各種位置之間的關係。文學史敘述者，文學史家們必須耐心蒐集與閱讀這些「文本」，才能將文學作品所以產生，所以是如此「題材樣貌」的背景與關係網絡呈現出來。正如圍繞著「心鎖事件」的論爭文章，查禁文件，指責其為色情、不道德背後的各種「文學正當性」論述，美學原則等等，無不是文學史敘事不能遺漏的，構成整個文學網絡或體制的重要文本。

　　以「闡明台灣文學在歷史的流動中如何發展」[13]為宗旨的葉著《台灣文學史綱》，自始便有意將文學作品放在更大的歷史背景上考查。它也是兩岸各版中少數提到「心鎖」的文學史，雖然敘述只有短短兩行：

　　　　郭良蕙為山東人。她的代表作「心鎖」出版於一九六二年，由於社會風氣未開，頗引起一些爭議。五〇年代有「禁果」、「銀夢」等小說出版。
　　　　(頁97)

　　最後一句表明葉著是把郭良蕙歸在「五〇年代作家」

---

13 此句摘自葉石濤《台灣文學史綱》前〈序〉，完整的句子是：「我發願寫台灣文學史的主要輪廓，其目的在於闡明台灣文學在歷史的流動中如何地發展了它強烈的自主意願，且鑄造了它獨異的台灣性格。」高雄：春暉出版社，1987年2月出版，頁2。

的章節，雖然心鎖事件實際發生在六〇年代。或許撰史者隱約感到那「未開」的「社會風氣」，其實是充斥在五〇年代文壇。傾向實性思考的文學史敘事常常出現「時間差」的問題，例如前述《台灣新文學概觀》認定林海音是「五〇年代作家」，其《城南舊事》屬於這時的「反共與懷鄉」作品。實際上《城》書出版於六〇年代，且八〇年代因電影方為彼岸所熟知。去世於1960年的鍾理和，也因七〇年代作品方出土，常被歸入「鄉土文學」作家。王文興一直被納入「六〇年代現代派」小說家，實際上著名的《家變》初版於1973年。

　　同樣的，「心鎖事件」發生時間在六〇年代，礙於繫年與紀事的單線「文學史敘事」，既有的文學史書寫都呈現這樣的「時間差」——只能記錄「中國文藝協會」成立於1950年，而無法敘述十年間這龐大的文學機構如何在文壇運作，並發揮其可觀的影響力。正是張誦聖所批評「靜態的、分離式的文學史觀」，礙於實性思考所造成的結果。將文學視為一個「現代社會體制」的概念，文學創作存在於一個「龐大而繁複的動力網絡」的認識，並以此思考文學史敘事新面向，可解決前述「時間差」的問題。「心鎖事件」做為一份被文學史書寫所忽略的文本，其動態性與複雜性，正好提供了一個思考文學史書寫的具體實例。

第二章

戰後文學史與潘人木新疆題材小說

五○年代台灣之異地異族書寫

■ 前言

　　一般台灣讀者所熟知的潘人木，首先是位傑出的兒童文學作家、兒童百科資深編輯，然後才是藝術性高的小說作家。涉獵文學較廣的讀者，或許讀過她的長篇《蓮漪表妹》。此書不僅五○年代獲得最高獎金，文藝界人人矚目，讓一位主婦一夕間成名；絕版多年後，八○年代修訂新版重出江湖，同樣令評家再三討論及肯定，與張愛玲《秧歌》並列為戰後初期經典作品。

　　一般人不大注意的，是她有一段旅居新疆的特殊經歷，以及到台灣之後，以新疆生活為題材，在報刊發表的一系列小說。

　　來台灣以前，剛畢業且新婚的潘人木，在1943至1945年間，隨丈夫的銀行工作曾短期旅居新疆，也曾執教新疆女子學院。戰後五○年代停留台灣的前十年，正是她小說創作的巔峰期，潘人木除了寫自己青少年東北的成長歲月

《小胖小》1985年

《一隻貓兒叫老蘇》2001年

如《馬蘭自傳》、重慶時期校園生活如《蓮漪表妹》之外，也寫下一批以新疆為背景，描繪中國西北，塞外風物的長短篇小說。

　　這批長短不一的新疆題材作品，除了收集在她八○年代出版的短篇小說集《哀樂小天地》之外，尚有其他短篇及兩部長篇小說分別於1957年、1960年發表在報紙副刊，卻遲至今日，尚塵封於發黃的舊報紙堆中，未能成書出版。本文除了蒐集整理、閱讀舊報，並簡介歸納這批小說的情節主題之外，也探討其寫作風格與藝術特色。透過初步的爬梳呈現，期待讀者看到戰後女性文學題材的多樣性，也期盼本文的介紹與「資料出土」，能引起兩岸文學研究者、評論家或出版家更多關注──「新疆題材小說」不僅在潘人木個人文學成就上，應佔有重要地位，於五○年代台灣文學史，同樣具有不可忽略的特殊意義。

一、從東北到台灣 ── 潘人木的經歷與作品

　　原名潘佛彬的潘人木出生於中國東北。人生際遇難以

意料：中國對日戰起，她隻身離開東北家鄉，遠赴中國西南(或稱大後方)的重慶唸大學。婚後隨丈夫工作短期前往新疆迪化，而有了一趟西北之旅。回北平不久遇到國共內戰，又與夫婿隨國民黨政府從北平來到東南一角的台灣。更沒想到的是，在島上一停留竟是大半輩子，一住便超過五十年。

《蓮漪表妹》(純文學版)

　　到台灣之後，大概也未料到會走上寫作之路。筆名「潘人木」取自她本名的偏旁——或許有意說明「寫作的她只是一部分的她，而非全部」罷。出生於1919年(民國八年)遼寧省法庫縣賀爾海村，1942年畢業於重慶中央大學外文系。1943到1945兩年多的時間旅居新疆，曾在新疆女子學院執教。1949年以後定居台灣，2005年在台北去世。

　　她在五〇年代創作不少小說，但長篇小說《蓮漪表妹》(1952)得到國民黨文獎會頒發的文藝獎金之後，聲名大噪：除了使她躋身文壇名作家之林，也造成兩岸以後出版的文學史書，一律把「潘人木」歸入五〇年代「反共文學」項下，在史書中或相關文論中，一直被塗上刻板的政治顏色。她七〇年代以後致力於兒童文學的編輯與創作，成績斐然。綜合地說，文學史上彰顯之「作家潘人木」，除了「兒童文學」便是「反共文學」。本文要討論的，卻是這兩類之外的第三類——她在五〇年代發表的新疆題材小說。

　　潘人木是到了台灣之後才開始創作小說的：除了寫她家鄉生活及少年成長經歷的長篇《馬蘭的故事》，[1]以大學校園及學生運動爲題材的《蓮漪表妹》之外，數量最可觀，焦點最集中的，便是以新疆爲題材的小說。不僅「量」上突出，風格與藝術手法同樣值得注意。

　　潘人木旅居新疆雖短短兩年餘，但在西北時期，不論教書、生活，尤其與新疆住民如白俄人、維吾爾人、哈薩克人等交接往來，其間遭遇種種驚險故事，留給她往後歲月難以磨滅的深刻印象。來台之後她出版的全部小說，除了1951年的中篇《如夢記》[2]早已絕版以外，便是前述兩部長篇——兩部直接以「女主角爲書名」的小說。首先，它們常被論者歸入意識鮮明的「女性成長小說」；其次，都有戰爭做爲故事背景；其三，都投稿應徵而得到國民黨「中華文藝獎金委員會」的大獎與高額獎金。[3]兩書曾絕版於文壇多時，直到八〇

《蓮漪表妹》1953年（初版）

1　原名《馬蘭自傳》，獲得民國四十三年中華文藝獎金委員會長篇小說第三獎，《文藝創作》月刊第46期開始連載。詳加修訂後改名爲《馬蘭的故事》，1987年12月，台北：純文學出版社印行。

2　潘人木：《如夢記》，台北：重光文藝出版社，1951年8月出版。

3　《蓮漪表妹》獲得民國四十一年中華文藝獎金委員會「總理誕辰長篇小說獎金第二獎」，首獎從缺。小說首次發表於該會機關誌《文藝創作》月刊，自1951年12月1日第8期起開始連載。1985年修訂新版，字數擴增兩倍以上，於1985年11月由純文學印行新版，爾雅出版社2001年4月再版。

年代經作者詳細修訂改寫之後，才由
林海音主持的「純文學出版社」以全
新面貌發行上市。

潘人木(周相露攝)

　　詳細交代這兩書的出版過程，
主要目的是強調後來的「純文學新
版」，已經與過去舊版非常不同，
那是更加嚴謹也更加純粹的「改寫
版」。改寫的程度，若說是「另一
部新作」也不爲過。只要看到《蓮漪表妹》初版(文藝創作
出版社)只有221頁，而純文學新版是631頁，便是最好的
證明。而潘人木總共在「純文學」出版三本小說，除了
兩部「改寫版」如前述，有關新疆題材小說便收集在她
唯一的短篇小說集《哀樂小天地》中。從前面兩書的例
子，足以說明這部「短篇集」是經過作者精挑細選才出
版的，也足以解釋，爲什麼還有好些同類小說最後沒有
被選進來。

　　《哀樂小天地》初版於1981年，既是純文學三書中出
版得較早的一本，雖然「後寫先出版」，但並非舊版新
出，而是將她發表於1953到1967年較滿意的短篇小說，首
次結集的出版品。全書收入短篇小說十七篇，其中「六
篇」是新疆題材的小說，按發表時間順序是：〈阿麗亞〉
〈烏魯木齊之憶〉〈玉佛恨〉〈夜光杯〉〈捉賊記〉〈妮
娜妮娜〉。潘人木另有幾篇已發表而未出版成冊的新疆
小說，目前找到的有兩個短篇、兩個長篇。兩短篇是發

《哀樂小天地》(純文學版)

表於1954年的〈此恨綿綿〉，[4]以及發表於1959年的〈迪城疑雲〉。[5]兩部長篇：一是1957年連載於「中華日報」副刊的〈塞上行〉，自1957年5月29日至9月12日止，分83回連載。另一部〈雪嶺驚魂〉，同副刊自1960年8月22日至11月19日止，分80回連載完畢。

二、新疆女子的善與美——成書六短篇

　　為完整呈現潘人木新疆題材小說，本文略分成兩大部分：一是已發表並結集成書的，二是僅報紙雜誌發表，但未出版成書的部分。第一類即收在《哀樂小天地》[6]的六短篇，以下將按發表時間順序，簡介各篇情節人物，以做為本文後半綜合討論的依據。

　　所以將六篇小說放前面，乃猜測它是作者本人較滿意的作品，否則不會被「對語言藝術要求嚴格」的她，優先收到文集裡付印。作者在1981年寫的「後記」[7]裡提到，

4　〈此恨綿綿〉發表於《文藝月報》六月號，1954年6月1日出版，頁11-16。
5　〈迪城疑雲〉發表於《自由青年》21卷1期，1959年1月1日出版，頁21-24。
6　潘人木：《哀樂小天地》，台北：純文學出版社1981年4月初版，1982年1月再版，全書290頁。
7　潘人木寫於書末的後記，題為〈筆的兩端〉，文末註明是「七十年青年節」即1981年3月29日。

這些篇章是在「純文學主持人(林海音)好心的催促下」，才鼓起勇氣整理出來的，是作者寫於「民國42年到56年間的作品」。也特別提到這批小說的「背景」：有她「民國32年～34年旅居的新疆，和38年後定居的台北」。文末更提到小說「情節是否真實」的問題。潘人木自問自答，如此向讀者解釋：

> 我可以說，似真非真，沒有虛構，不能成為小說，
> 沒有真實，小說就沒有意義，……個人從未對自己
> 的作品滿意，也不敢請人作序，品題一番。但是這
> 些年來，有一些朋友每逢談到台灣小說時，常不忘
> 提到在下一筆；……內心深受感動，這是我此次出
> 書的主要原動力之一。(頁290)

　　以下六篇經閱讀整理之後，發現它們全合乎作者陳述的小說觀點：表面上虛構的故事，但看得出必有其「真實的情境與人物」做為小說描寫及模擬的對象。各篇會出現重疊的角色人物，故事情節也可以歸納成幾種相似的模式，顯見其中與作者的親身經歷密切相關。更值得注意的是，潘人木絕大多數新疆題材小說皆以女性為主角人物，不論是美麗親切，三十來歲的白俄女子(如妮娜妮娜)，或體貼可人的小女孩(如阿麗亞)，都看得出小說家對女性角色，及其性格、遭遇特別關注。前述兩例同時也說明：不論長篇短篇，自「蓮漪」以降，作者常有「以女主角名」直接

當篇名的習慣。為了眉目清晰，以下各題目後面都加上
「原作發表時間」，以及小說在書中的頁碼。

1.〈阿麗亞〉(1953年1月，頁279-288)

　　潘人木最早一篇新疆題材小說發表於1953年。作者費
不少筆墨描述他們初到異地(迪化)的生活與印象，形式近於
散文。阿麗亞是一位十歲左右，長相可人的中俄混血女
孩——父親生病，阿麗亞每天早上冒著寒冷，幫助母親挨
家挨戶「擦九家的地板，升九家的毛爐」。母親工作起來
就像她是鐵打的，因為：「家裡有個生病的丈夫，山東
人，四個比阿麗亞還小的孩子。」

　　做為外來人的小說敘述者「我」，靠著這對「在地
母女」的幫忙，才解決生活上許多難題。尤其正逢當地
「哈薩克人鬧獨立」(伊犁事件)，風聲鶴唳，漢人遇害時有
所聞。「我」一人在家既孤單又恐懼的時刻，小女孩阿麗
亞自告奮勇來陪她。小孩想著自己算半個俄國人，或有能
力「保護漢人」。

　　敘述者知道：「阿麗亞陪伴的可貴，就在於她也跟我
同樣害怕。」不久阿麗亞母親生病，臨逝前將生平一點積
蓄私下託「我」代存銀行，定期十年，以便照顧尚未長大
的小孩。可惜兵荒馬亂，等到時局平靜了，「我也失去了
阿麗亞，因為她必須看顧她的弟妹，不久，我也回到北
平。」結尾是敘述者人在台灣，樂觀地等待著將來回到家
鄉後，能與阿麗亞重逢。

2.〈烏魯木齊之憶〉(1956年4月，頁243-270)

　　小說女主角是一個三十三歲，獨自經營著一家雜貨鋪子的白俄女人——溫順美麗的絲泰拉。她有一個「有媽媽相等的美麗，雙倍的可愛」的七歲女兒，叫妮娜。絲泰拉受過良好教育，端莊有禮，也同樣，「守著一個經年臥病的丈夫」。在新疆，白俄女人稱為歸化族，由於謀生不易，一般生活浪漫，絲泰拉所以贏得眾人愛戴，便在於她的美麗又不鬧緋聞，盡忠職守於家庭及店鋪，且樂於助人。

　　事件的起頭，是女兒妮娜心愛的小狗「菲力」丟了，自此故事節節變化，高潮迭起。待母親發現小狗是被店鋪對面「深灰色大門」裡，一位蘇聯領事館的人牽走之後，從此便掉入痛苦的萬丈深淵。此人不但以對妮娜的安危作要脅，要與母親絲泰拉「作朋友」，更要她出賣所有伙伴：利用店家良好關係來當領事館的眼線，「調查他們，紀錄他們！他還叫我守秘密！」

　　女主角礙於一家安危先是虛與委蛇，卻弄得謠言滿天飛，甚至夫妻反目。一家人最後決定結束店鋪遠走高飛，到內地重新開始。不幸地，就在遠行前夕，妮娜聽到「菲力」重傷的呻吟，衝出去抱牠，卻被已變成瘋狗的菲力咬傷，死得可憐而悲慘。母親的難過、傷痛可想而知。本篇發表於雷震創辦，聶華苓編輯的《自由中國》文藝欄，[8]

8　潘人木：〈烏魯木齊之憶〉，首刊《自由中國》半月刊第14卷第9期，1956年5月1日出版。

該刊是五〇年代最受知識分子看重與閱讀的綜合性半月刊，同期刊登的是彭歌中篇小說《落月》，接著是聶華苓的《葛藤》。

3.〈玉佛恨〉(1956年12月，頁225-242)

本篇同樣有個小女孩主角，名叫「小秀」，父親也是山東人，母親與前面幾篇同樣是白俄人。小秀是住在小說敘述者「賓英」對門的窮孩子，一次奉母命拿了家中最後財產：一個由上等羊脂玉雕成的玉佛，希望賣個好價錢。也由於「玉佛」的連繫，小秀自此利用課餘幫忙賓英夫婦灑掃洗滌，每月工資三百元。本篇高潮在於工作了十個月之後，與主人漸有感情的小秀，發現主人正打包行李，將遠離新疆回到居住地。她細心幫忙主人收拾整理，並且偷偷拿了當年母親不肯一併讓售的，裝玉佛的木匣(因為是她去世爸爸手作的紀念物)，悄悄的幫玉佛重新包裝妥當。誰知主人臨出門上車前三個小時，因賓英開行李箱發現自己用紅盒裝的玉佛不見了，她懷疑是小秀偷走，而沒收了她家裡亟需的十個月工資做為賠償。

賓英快到終點時，車子遇到意外，滿車行李翻在公路上。

> 玉碴兒，瓷片兒，揚了一地。內中只有一個精緻的白色木匣兒是完整的，外面裹著棉絮，裡面裝著玉佛，它恰恰嵌在匣中特別設計的凹進部分，毫未受

損。(頁241)

讀者至此處終於發現小秀受多少冤枉與委屈。小說結尾，潘人木使用精彩的象徵手法——玉佛成了小孩的象徵。當女主人面對失而復得的玉佛，「覺著它就是小秀的化身」，「那個黑眼珠的被冤枉的孩子正以譴責的目光注視她」。也就在這一刻，小說的「第三人稱」在文章末尾，以獨白的形式轉為第一人稱。最後一句是：

　　她嗚咽道：「新疆，這荒涼的地方，它給我的太多了！」

4.〈夜光杯〉(1963年2月，頁57-76)

這是一篇情節緊湊，結局出人意表，近乎推理小說的精彩短篇。玉門、酒泉、夜光杯等新疆塞外景物風光，無不繽紛呈現，充滿新鮮明亮的異域色彩。

小說男主角：二十四歲的陳楚嘉正要從迪化動身，返回北平老家前夕，忽收父親發自家鄉電報一封：「楚嘉兒，回程購真正夜光杯兩隻，父字。」

由此開端，整篇小說便展開一段購買夜光杯的獵奇與探險過程。楚嘉知道，買杯這件事一點馬虎不得，因為這是經營古玩店的父親在試探他與哥哥楚濟的辦事與鑑賞能力，看誰能在同一時段買到真正的夜光杯帶回家，就把古

玩店交給誰來繼承。楚嘉與哥哥之間，還有過一段不爲人知的三角關係——同住在迪化時，他們同時愛上美麗的拉娜，結果是半年前哥哥和拉娜結了婚，雙雙離開迪化，「留給他一間空洞的房子，一個空洞的心靈」。

楚嘉離家已經八年。自從母親死後，只剩父親一人孤零零住在北平。從小父親就比較疼愛弟弟楚嘉，半年前哥哥帶著拉娜回去，一看見媳婦是個中俄混血兒，便明顯不悅，更盼望楚嘉早日回去團圓。

經歷一番曲折探險，楚嘉果然買到一對舉世無雙的夜光杯，一路並細心包裝呵護，信心滿滿回到老家。但結局卻出人意表。楚嘉在聽說哥哥「情況不大好，一直沒有合適的工作」，「而且拉娜就快生產了」之後，就在父親「取杯、比杯」的刹那，決定不拿出眞正超級品，只呈次級貨，悄悄放棄古玩店繼承權。另一個更讓讀者意外的是，直到父親死後，生活美滿的哥哥，全然不知有「兄弟比杯」這件事，也從未替父親買過夜光杯。

5.〈捉賊記〉(1963年，頁41-56)

小說第一人稱敘述者，是一位帶著五個月大嬰兒的年輕母親。故事地點在迪化市區，適逢「滿城正謠傳著哈薩克要來洗劫」的「伊犁事變」當中。他們一家三口之所以還單獨留在風聲鶴唳的危城裡，是因爲第一，敘述者有心陪伴來此工作的丈夫，不願單留他一個人，「同時也怕孩子身體弱，支持不了長途的跋涉，如我們三人之中，有一

人死於這場變亂，我們寧可都死在一塊兒。」當某一友人稱讚女主角的「膽子眞夠大」時，她的回答是：「以前我要求學，所以不怕日本人；現在我要照顧丈夫和孩子，所以不怕哈薩克，但是我卻怕小偷。」

當時還流傳著同事(劉處長)七個月大的嬰兒，被一叫阿不都拉的維族工人半夜偷走的轟動案子。傳聞中的歹徒三十多歲，右手六指，講一口流利漢語。某一天凌晨，在丈夫出門辦事，並讓妻子深鎖門窗以策安全之後，十分意外地，竟把一個小偷，不小心深鎖在屋子裡。更可怕的是，女主角發現他右手六指，正是警方查緝的偷嬰大盜。他此時要求女主人把門打開，「我沒有鑰匙！」母親拒絕。

母親抱著嬰兒在恐懼中面臨著極大的內心交戰。「爲了我和孩子的暫時安全，應該打開門讓他走路；但我又想，放走了他，誰知以後他還會犯下什麼樣的罪？不能放他，他已經自投羅網！」

阿不都拉取不到鑰匙，盛怒下用冷水猛潑母女兩人，然後翻找所有抽屜。當時是零下十二度，母親急驟間所能作的，是趕緊把嬰兒裹在被裡，再把濕了的東西扭扭，解開自己的皮袍扣子，把奶瓶、尿布、棉襖等一股腦塞在自己懷裡，企圖用自己的體溫，溫乾這些衣物。

阿不都拉到處翻不到結果時，一轉身看見「我」正在扣皮袍的鈕子，以爲鑰匙就藏在那兒，「你以爲藏在那兒我就不敢翻嗎？」衝過來一把將藏的東西全掏出來。當他

們面對地板的嬰兒用品，正微微冒著熱氣時——廢然坐在椅上的歹徒竟深受感動。原來他看見年輕母親把「這麼冷的東西放在懷裡」，忽然就聯想起自己的母親，她「以前給俄國人修油井，把我就擺在她懷裡」。這一耽擱與緩和的情境，結束了兩方的對立。結尾是警察進來帶走了阿不都拉，驚險場面化解於無形。

6.〈妮娜妮娜〉(1965年8月，頁23-40)

　　小說第一人稱「我」一到迪化，即刻跑到報社刊登「尋人啟事」，代父親尋找當年的救命恩人。原來主角「我」的父親是海關職員，1943年到伊犁工作不久遇到當地哈薩克人正鬧獨立(伊犁事件)而到處殺人，尤其內地來的漢人。在危急時刻，一個(俄國)歸化族的女人不但將父親藏在家裡，過後且幫他逃出伊犁，此人即父親再三叮嚀要尋找的妮娜。而主角掌握的資訊有限：據說妮娜沒有父親，與母親相依為命。母女倆由伊犁流落迪化，誰也不知道她們的地址。

　　「我」對妮娜有許多想像。因為父親時常講述，妮娜逐漸在她心中佔有崇高地位。首先，想像她是「美麗聖潔的公主型人物」，更在迪化的新居為妮娜佈置了一間高雅的小行宮，上頭掛著妮娜的畫像：那是父親口述特請名家畫的。登報後「我」便一心等待妮娜的出現，希望她來家裡一起住，給她錢，好好款待以報答救父之恩。

　　沒想到等了一個月毫無消息。「我」除了尋不到人焦

急，又需自己照顧嬰兒，還要時常應付來敲門求職的白俄女人。「我」對這些女工沒有好印象，覺得她們會撒謊、偷東西，與男人關係隨便。但有一次丈夫為了請同事吃飯，未經妻子同意便逕自找了一個能幹的白俄女工來幫忙家事。女僕叫「德美拉」，不但勤勞、忠心且動作俐落。長相雖平凡，但身材纖細的她，對女主人與嬰兒的照顧可說無微不至。她來上工以後，整天又洗又燙，「我」變成無所事事的旁觀者。

　　一日正在打掃留給妮娜的空屋，女工聽完女主人講完妮娜的故事問道：「太太，你要找她來幹什麼呢？」主人說是要好好待她，送她東西，送她錢。女工卻說：「太太！我看妮娜也許不要東西，不要錢，不然，她早就來了！」

　　女主人卻回答：「怎麼會呢？她當初救了我父親，我看為的就是錢。」

　　「德美拉」的勤勉和忠心卻給「我」不少精神上的壓迫，唯恐未來無法償還。儘管「我」看到女僕的眼睛裡「對我有種深厚的情意，不是她所會的國語能夠表達的」，仍然找了藉口將她辭退，沒有被她的傷心與哀求所打動。直到先生工作調動，「我」即將離開迪化的前一天，想起女工對自己一家種種好處，便拿了一包衣物循址去找她。這一找，才終於從她母親口中，發現了「德美拉」原來就是「妮娜」，但已經太遲。遠處山上的小黑點，「那就是她，騎馬走了，一隻手拉著韁繩，一隻手擦

著眼淚走了。」

以上六篇中，大多數是女性主角，且是「白俄女人的故事」，而「母親」更是各篇相當吃重的角色或主題。唯一沒有重要女主角的是〈夜光杯〉，但故事裡一位關鍵性女子，也是白俄人，最後也是以「母親」角色出現。我們也發現六篇中的白俄女人，在美麗成熟之外，無不是有情有義，忠誠感人。她們的女兒也大多天真漂亮、乖巧可人。

三、塞外新天地——未成書兩短篇

若以收進「單行本圖書」來衡量，潘人木新疆題材小說總共就只上述六篇。別忘了她是在停下小說創作的筆幾近二十年之後，才動手整理「過去的作品」成書出版。這與同時代其他作家「即寫即出版」的情況大不相同。而她出版《哀樂小天地》之時，好些發表過的短篇小說並沒有收進去。若問原因何在？一般會猜是「悔少作」：那些作品作者並不滿意所以不收。依潘人木個別出書情況，也有可能發表時間過久，待要整理，一些刊物已經找不到了。這些都是推測，潘人木幾部新疆題材小說「未成書的原因」，可能還要複雜些。

未成書「兩短篇」的發表時間，與前面成書的六篇，相差無幾。而這兩篇本身前後又相差五年：較早發表的

〈此恨綿綿〉登在1954年6月號《文藝月報》上。後發表的〈迪城疑雲〉登在由梅遜主編的《自由青年》雜誌，時間是1959年元旦。

1.短篇之一：〈此恨綿綿〉(1954年6月)

第一人稱敘述者「我」從銀行宿舍也是她住家，一如往常來到鄰近「塔爾汗」開的蔬菜雜貨鋪。塔爾汗是嫁給漢人的維吾爾女性，「兩條又粗又黑的大辮子，直拖腰下」，人緣好，會說流利的漢語與維語，店鋪生意興隆。「我」常照顧她的生意，兩人成為好友。

此時她們生活所在的迪化城卻正人心惶惶：哈薩克人為了從新疆獨立，正在興兵作亂。傳言哈薩克人凶悍無比，見著漢人就殺，一方面迪城對外交通斷絕，只靠空運，汽車不敢衝過那常有哈薩克縱馬馳騁的大戈壁。幸得此時傳來好消息：「我」得知「驛運處撥了十部車子，到蘭州接運關金卷，我可以搭乘其中一部客車，再隔兩天還有十輛開出。兩批車子全部武裝護送」。

雖然路上還是危險，峽谷中仍有土匪埋伏，我固然害怕，但「與其在這兒怕，不如怕著衝出去」！塔爾汗在「我」即將上路前夕，來商量與要求同行：她家掌櫃已離家半年斷了音訊，哈薩政權又不讓嫁漢人，已嫁的也得分開，塔爾汗說：「我必定得死活和掌櫃的在一塊兒。」於是兩人說好，由塔爾汗冒充「我」的傭人，隨行上路。

風聲鶴唳中，人們滿懷恐懼地準備出發。幸虧有塔爾

汗來搭車，「好似耗子堆裡來了隻田鼠，給予大家一種新奇輕鬆之感」。維族人原無須逃離，更不用害怕。而塔爾汗長相姣好，十五歲時原是舞台明星，後來遇到壞人落得當傭工，才認識漢人她掌櫃。

> 現在扮演不被人注意的角色，希望有比較好的收場，上台沒人叫好，下台沒人嘆氣，一心一意和我掌櫃的相守，嗯只有他一個看客就行！

現在車隊開出迪城，「雲低風銳，砂石無休止的打著車板，八九十里看不見人煙」。一路上，兩人串演的主僕好戲，沒有任何破綻。塔爾汗除了從容應對同行者的談天取笑，更細心照顧主人起居飲食，表現極為稱職。這天車隊來到一處最危險的峽谷，全長十里只容一車通過，據說哈薩克人常從積雪的山峰馳下，奔跑嶺上，向谷中車輛射擊。在寒星冷月下，現在荷鎗實彈，隊長察看諸事準備妥當，下令開車。

待要進入峽谷，大夥兒正精神緊繃之際，隊長突然停車重新整隊，還叫著：「潘！」他當著大家的面說：「我代表全隊向你要求一件事。」原來隊長要求潘的維族女傭人坐在第一輛武裝車的機鎗旁邊。原因是：「她是維族人，萬一有哈薩埋伏，也許能放過去。」此時塔爾汗毫無懼色，含笑望著為首的汽車，欠欠身，跟隨隊長向前走去。車子牛一樣開始入谷，馬達沉重孤單的呻吟著。

「我一直望著最前面的車子，……二十分鐘了，只見塔
爾汗的肥大綠裙被風有時吹得飄起來，這時就像幅勝利
的旗幟。」

　　車隊終於安全出谷進入河西走廊。到了玉門，主僕兩
人，也是知心好友依依作別。路上雖種種驚險，包括隨身
財物被幾位俄國司機偷光，總算雨過天晴抵達安全地帶。
臨別含淚，作者在心裡把塔爾汗當作一顆沙漠裡的寶石，
「鑲在我心裡，我永不會忘記。」友愛將使那顆寶石永遠
光彩。

2.短篇之二：〈迪城疑雲〉(1959年1月)

　　小說開始是一對幸福的年輕夫妻，剛抵蘭州第三天便
到醫院檢查。妻子身體不適，以為是懷孕。誰知醫生竟向
這對甜蜜小夫妻宣布：太太子宮長瘤，需要立即做子宮切
除手術。這無異晴天霹靂，表示他們未來再不能生育。但
為了保命不得不手術。兩星期後妻子順利出院，但心理上
已經起了變化：

> 雖然身體上的瘤腫割掉了，心理上卻生了另一個。
> 我完全失去了自信，而且時時狐疑。如果他應酬晚
> 了，我便以為他去找女人了，我咀嚼他每句話的絃
> 外之音，偵察他每一分鐘的行動。[9]

9　潘人木：〈迪城疑雲〉，刊《自由青年》第21卷第1期，1959年1月1日出版，頁21-
24。

　　故事就在妻子如此狐疑心態下向前推展：疑雲重重，
高潮迭起。因職務關係，先生不久單獨赴迪化工作，留妻
子在蘭州調養，繼續服藥。醫生說，非到完全康復不能去
新疆，那兒醫藥缺乏。於是妻子孤獨在蘭州養病一年，直
到好友來通風報信，她才臨時決定，趕在年終那天隨身帶
著針劑藥品，搭飛機到迪化與丈夫團聚，順便「臨檢」，
看是否如朋友說的：宿舍裡藏著一個叫「麗莎」的美麗女
子。

　　年終銀行結算日是丈夫最忙的日子。到機場接她後，
即安頓妻子在空曠的宿舍裡，又趕去工作。妻子進了屋便
像獵犬一般，一間一間房的搜尋，果然在其中一間上鎖的
空房裡，發現床上躺著小嬰兒，還發著高燒。妻子內心猜
疑歷經幾次轉折，在嫉妒與痛心之下，最後決定給嬰兒打
上致命的一針，結束這罪孽的生命。她打完針滿頭大汗地
走入下雪的戶外。在外面不知徘徊迷路了多久，才被焦急
的丈夫找到。

　　令她意外的是，丈夫除了擔憂她身體，還代家裡的洗
衣婦麗莎感謝太太救了她小孩一條命。有七個孩子的麗
莎，木匠丈夫失了業，就靠她一人洗衣擦地養活一家。最
近小嬰兒得了肺炎，暫時放在咱家「隔離」。以為定然活
不成了，誰知竟讓你救活。

　　妻子回家看到空藥瓶才知，原來慌忙中拿錯了藥，給
孩子注射的竟是盤尼西林。小說最後以喜劇結尾：「一個

人的疑心成爲過去的時候，那麼以後的無論何事都不能比
以前再壞了。」這是妻子如釋重負的結論。麗莎稍後把救
活的嬰兒送給太太收養，女主人感動萬分，願終此一生將
她所有的愛貢獻給丈夫和麗莎的孩子。附帶提一句，潘人
木的丈夫黨先生任職於中央銀行直到退休，與本篇男主角
職業相同。

四、塞上疑雲 —— 未成書兩長篇

1.長篇連載之一：〈塞上行〉(1957年5月29日至9月12日分83回連載)

　　由於〈塞上行〉僅在報紙連載未曾出書，是筆者在台
南中華日報總社資料庫，一頁一頁翻讀，分批看完的。因
而有必要多費筆墨，摘引兩片段，以呈現潘人木描寫新疆
景物的文字技巧，以及如何書寫異域情境，達到歷歷如繪
的精彩效果。

> 早上七點半起來，塞上幾乎還是深夜。黑漆漆的
> 天，落著紛紛揚揚的白雪。近處遠處維吾爾的阿洪
> 們，在禮拜寺頂高呼祈禱。那悠長婉慢的聲調，似
> 乎眞能送達天庭。此起彼落，好像各人有各人的密
> 碼，互不相授。(刊1957年6月11日，《中華副刊》，No. 11)

> 這是塞外難有的明亮的早晨，兩旁商店的油漆招

字，彷彿能自行發光那麼閃亮光彩，陽光照在掛雪
的樹枝上，眞如金堆粉砌一般，隔著十幾步遠，就
可看見走向馬市的人(馬市爲迪化曉市)，手裡拿的是唱
片，莫斯科皮靴，和闐羊脂玉，還是一隻老式懷錶
……(刊1957年7月19日，《中華副刊》，No. 40)

單就小說架構而言，〈塞上行〉幾乎是〈迪城疑雲〉
的擴大版。

〈塞上行〉同樣有一對年輕夫妻因爲工作來到迪化，
同樣不能生育。妻子，這位「高等知識分子」女主角，也
是小說「第一人稱敘述者」，同樣對憨直率眞的丈夫多所
誤會，誤會的對象，同樣有個美麗的白俄女人。做爲長篇
小說，其陪襯的人物更多，細節與互動關係也更爲複雜。

〈塞上行〉與〈迪城疑雲〉最大不同：首先，第一人
稱女主角梅南錫(也是吳太太)是來此教書的「梅老師」，小
說中諸多事件與場景，因此發生在學校。既有課堂裡的活
動與對話，更有教師間的人事傾軋與勾心鬥角。明顯的，
潘人木曾經執教於新疆女子師範學校，「梅老師」一角相
信參雜不少潘人木在迪化的教書經驗。其次，梅老師固然
在學校裡能言善道，因見義勇爲而得到許多學生的愛戴，
作者卻不忌諱呈現她做爲女人自私善妒的一面。對於女性
內心世界的挖掘與描寫，原是潘人木小說的拿手好戲，
《蓮漪表妹》的傑出表現，許多評家早有共識。以下是
〈塞上行〉裡梅老師的一段自敘。文中「可英」指她丈

夫，小說男主角名「吳可英」。

> 我是一個女人，自然也有女人的想法，想到捲捲頭
> 髮，化化粧，研究菜譜，博取他的歡愛。但我是一
> 個嫉妒而矜持的女人，沒有小孩不是我一人的錯，
> 為什麼我要向他低頭？於是我決定反其道而行，剪
> 短頭髮。不施脂粉，絕不再顧及因冷氣熱氣所形成
> 的皺紋了。可英既然愛過我，便應永遠屬於我，中
> 途逃跑，自動放棄，沒那麼容易。(刊1957年7月17日，
> 《中華副刊》，No. 38)

　　自從他們夫婦住進塔娜莎的屋子，女主角就成了多疑
善妒的女人。塔娜莎既是女主角的學生，也是聰慧美麗的
混血女子，年輕寡居，帶著一個五歲的可愛兒子(名叫「瓦
格」)。除了周遭人物：校中師生、僕人、朋友、小孩等構
成情節的複雜性，故事核心便是「主角夫婦」與這位第三
者的「三角關係」。

　　敘述者從妻子的視角：「我們僻處邊疆，生活圈子
又如此狹小可憐！」她感覺自己「孤獨無侶，矜持而暴
躁」，然後這位妻子逐漸由猜疑不安進而探察監視。小說
最後，她的猜疑嫉妒達到最高潮。丈夫出差不在家，鄰居
小瓦格發高燒來求藥，在對方苦苦要求下，她拿出一包嗎
啡，且故意將「三包併成一包的嗎啡」，說成止痛藥：
「十二點給他吃好了！通通吃！」

　　但靠近深夜，她愈想愈不妥，時間一分一分靠近，她
「從頭到腳戰慄不已，手心腳心發出潮涔涔的冷汗」。她
分析自己是那種「做了一件狠事，逞了一時之快，就軟了
心腸」的人。她於是深夜偷偷走到瓦格家門口，想偷偷將
藥換過來。但做為老師的身分，以及矜持的性格，不容許
她做偷偷摸摸的事，正徘徊自責也想自己一了百了的時
刻，幸虧一隻闖入的貓，讓她發現院子裡一角起火：但見
一柱火苗濃煙就要捲進瓦格的房子。她痛快的大喊，「聲
音像悶了許久的水泉，奔騰而出」。結局也是喜劇，她成
為瓦格母子的救命恩人不說──她在大家救火的慌亂中把
那包嗎啡倒到水盆裡，另拿了一包消炎片。

　　最讓人意外的結局：塔娜莎不知如何答謝梅老師，無
法以說話表達，而用一封信來表達她的謝意。這封大約
五百字的短信，登在小說最末端(也是連載的最後一天)，透過
信的內容，一一解開整篇故事裡所佈下的疑團，包括學校
失竊與塔娜莎的關係、丈夫可英是清白的，因為真相最後
揭開：塔娜莎即將結婚，嫁給他們共同的朋友陳方。最讓
女主角一邊讀信，一邊覺得幸福而忍不住流下兩行熱淚
的，是塔娜莎信中表明，願把最寶貴的「瓦格」送給她做
為報答：

　　　……我是那麼愛他，為他而生活，為他而忍受一
　　切。我不願他作繼子，這樣會受小朋友的奚落，而
　　且陳先生似乎不真喜歡他。所以，我想來想去，我

沒什麼報答您，瓦格是我最寶貴的東西，現在我把他送給您……(1957年9月12日，《中華副刊》，No. 83)

2.長篇連載之二：〈雪嶺驚魂〉(1960年8月22日至11月19日分80回連載)

如果說〈塞上行〉近乎〈迪城疑雲〉的擴大版，那麼，〈雪嶺驚魂〉可以算是〈此恨綿綿〉的續篇。兩篇的結構模式與主題大不相同，但都以「伊犁事件」為故事背景。短篇如前述，小說突出的是一個非漢族女性，她勇敢坐在武裝車的機鎗旁，掩護大隊人馬順利通過危險峽谷，主題彰顯兩個不同族裔女性歷經一場劫難之後的患難真情。

〈雪嶺驚魂〉或稱短篇〈此恨綿綿〉的「驚險版」。故事發生在〈此恨綿綿〉相同的地點，即最危險的戈壁大沙漠峽谷地帶。這個叫「七角井」的所在，地理環境十分特殊：

地表面終年是白色的，在冬天，是雪；在春夏，是鹼霜。絕沒有一棵綠色的小草，也絕喝不到一口清鮮的白水。……那段峽谷約有二三十里長。車子一入隘口，便沒有轉車倒車的餘地，兩旁縱走的山脈，近在車子的窗前。(8月23日，No. 2)

　　「短篇版」描寫的是一批漢人車隊雖驚險，總算「順利通過」峽谷。長篇則描寫「被卡在峽谷裡頭」的驚險情況。第一人稱「我」，一個來自內地的二十四歲知識女性，在一九四三年的冬天，「在這個時候，這個地點正一步步邁向去迪化的艱辛旅程」。為了與在迪化工作的丈夫會合，女主角不幸陷入這個新疆地界：是哈薩克人、維吾爾人、漢人與共黨分子互相燒殺擄掠，不斷勾心鬥角、拐賣走私的危險峽谷地帶。

　　小說一開始，女主角就成了「黑店」的俘虜。旅途病倒的她，不得不住進七角井這家唯一「招待所」裡，店主「黃所長」是位前科累累，極為狡猾凶殘而多疑的人。女主角住進之後，在店主嚴密監視下，靠著她的聰明與敏銳觀察，從一本受囚的瘋女人日記，往來訪客的對話，一件件發現黃所長過去的重大罪行。小說高潮始於女主角得到驚人秘密：原來黃所長是伊犁方面蘇俄鼓動哈族成立「東土耳其斯坦共和國」幕後工作人員，且正與哈族人密商劫掠經由迪化開哈密，載有大量鈔票的一批車子。

　　換句話說，短篇〈此恨綿綿〉寫的是「通過峽谷」時，漢人這邊的車隊。〈雪嶺驚魂〉寫的則是「另一邊」磨刀霍霍來劫掠漢人的哈薩克馬隊。而劫掠的一邊幕後還有十分複雜的漢人與共產黨人在幕後操縱指使。

五、新疆小說的主題與藝術

　　歸納潘人木寫於五〇年代，剛離西北邊塞不久，「記憶猶新」的新疆題材小說，不只塞上風光歷歷如繪，場景與故事人物，聲音與氣味，在在呈現給讀者——不論台灣或大陸來台讀者，一種清新鮮明的異國風味。所有讀得懂中文的讀者，全是潘人木小說裡指的「漢人」，讀者們和作者一樣，就新疆而言，只是睜大眼睛到處看的「外來者」或「旁觀者」。而這些充滿異國情調，極具異域色彩的小說，又具有專屬於潘人木的獨特風格，例如對女性的關注，對兒童的憐愛，而她敏於觀察、描寫邊疆民族的性格與民風之美，更是五〇年代台灣小說家裡很少看到的文學特色。以下就其藝術特色與主題分項說明之。

1.母親：勇者的畫像

　　潘人木新疆題材小說不論長短篇，「母親角色」時常出現，是十分顯眼的主題設計。例如〈阿麗亞〉裡，每天上午不得不外出「擦九家地板」的白俄人母親，只因家裡有個生病的山東人丈夫，四個比阿麗亞還小的孩子。潘人木只用少許文字便完成一幅傳神的勞動者形象：

> 她進門一脫下大氅，工作起來就像她是鐵打的。結實俐落，碰著什麼都鏗鏘有聲。(〈阿麗亞〉，頁282)

　　〈烏魯木齊之憶〉裡頭也有一個辛苦的白俄母親「絲泰拉」，同樣有一個生病的中國人丈夫。不同的是她能幹

美麗，只有一個七歲的女兒。然而母親絲泰拉為獨生女兒付出巨大代價。為了女兒生命安全，不但犧牲多年累積的好名聲，最後更放下在迪化經營多年的產業，結束店鋪到內地發展。小說家從「聲名在外」的角度描繪這位母親：

> 絲泰拉溫順仁愛的美德，為那些常和妻子吵嘴的丈夫所樂道；而絲泰拉的美貌，則揚譽在一些「光桿兒」中間，絲泰拉那位纏綿床笫，經年鬧著關節炎的丈夫，也跟著名聞遠近了。（〈烏魯木齊之憶〉，頁244）

這一系列母親形象，到了〈捉賊記〉達到高潮。這位單獨抱著「五個月大嬰兒」的漢人母親，為了陪丈夫，也為了怕孩子支持不了長途跋涉，而留在「謠傳著哈薩克要來洗劫」，風聲鶴唳的迪化城裡。無巧不巧，在一個風雪聲、馬嘶聲混合，讓人脊樑骨都發冷的寒夜裡，於丈夫出門後，母親竟不小心把小偷——一個滿臉鬍鬚的維族男子，鎖在自己屋子裡。他是通緝犯「阿不都拉」：

> 年紀三十多歲左右，滿臉黑色的鬍子，面孔蒼白，兩眼像兩隻利刃一般望著我。那時我的感覺好似屋子突然下陷，變為深不可測的毒潭，而我抱著孩子，正慢慢下沉。（〈捉賊記〉，頁51）

驚懼中的母親，一邊面臨著極大的內心交戰。「為了

我和孩子的暫時安全，應該打開門讓他走路。」但放走了他，誰知以後他還會犯下什麼樣的罪？

小偷出不去，盛怒下用冷水猛潑母親和嬰兒，到處翻找鑰匙。當時是零下十二度，母親急驟間所能作的，是把濕了的衣服扭乾，解開自己的皮袍扣子，把奶瓶、尿布、棉襖等一股腦塞在自己懷裡，企圖用自己的體溫，溫乾這些衣物。

阿不都拉轉身看見「我」正在扣皮袍的鈕子，以爲鑰匙就藏在那兒，一個箭步衝過來一把將母親身藏的東西全掏出來。面對地板大堆嬰兒用品，還微微冒著熱氣時──歹徒廢然坐在椅上，深受感動。原來他看見女主角把「這麼冷的東西放在懷裡」，忽然間便想起了自己的母親：

> 我媽以前給俄國人修油井，把我就擺在她懷裡，……俄國人叫她把我扔下來，她說野地太冷，俄國人打她，天下雪，罰她站在那些冰冷的鐵管子上，可是我還是暖暖和和的。（〈捉賊記〉，頁56）

這篇小說就由母親下意識的護嬰動作，意外化解了一場暴力事件。小偷在說這些話的時候，「臉上突然變得非常純靜而善良」。女主角原是膽小弱女子，「母親形象」的遽然展現，一下子揭去了賊人凶惡的外衣。本篇用短短一則「賊人入侵」事件，一箭雙鵰地同時讚頌了兩位母親：一個漢人和一個維族人的母親。換句話說，不論哪一

種族，「母親角色」或「護子心切」是一模一樣的。小說
為我們點出「普天之下同樣的」勇者形象，也說明即便西
北塞外，或天涯海角，「母親角色」實超越了族群、性別
與階級。

2.孩童：可貴的赤子之心

　　新疆系列小說除了前述，大半有位嫁給漢人的白俄母
親之外，也經常有個惹人憐愛，天真動人的小孩。潘人木
後來成為兒童文學家，相信與她喜愛小孩的天性大有關
係，實際上，在新疆小說裡，這性格也充分表露出來。
「赤子」與「童真」從她初執筆創作，便是吸引她的主
題，且一路寫之不厭，未曾中斷。如〈捉賊記〉〈妮娜妮
娜〉兩個漢人女主角都有襁褓中的嬰兒佔據故事重心。而
〈迪城疑雲〉與擴大版的〈塞上行〉，結局也都有個關鍵
性的小孩，讓女主角在鑄成大錯之前，得到補償的機會，
並因而得到最可貴的「上蒼禮物」：失嬰的母親得到完成
母職的機會。

　　在〈烏魯木齊之憶〉裡，七歲女兒「有媽媽相等的美
麗，雙倍可愛」的小妮娜，已經是小說的半個女主角了。
到〈玉佛恨〉與〈阿麗亞〉更達到兒童主題小說的頂峰：
小孩既是故事主人翁，小說也為了呈現「赤子」與「童
真」主題而設計。〈玉佛恨〉裡的「小秀」——同是白俄
女人與山東人生的混血小孩，這次成了故事第一主角與關
鍵性人物。而〈阿麗亞〉是潘人木最早寫的新疆小說：她

第一篇塞外故事，便以十歲兒童作小說第一主角。

小秀是住在對門的窮孩子，由於「玉佛」的連繫，小秀課餘幫忙主角夫婦灑掃洗滌。本篇高潮在於主人臨離開迪化前，以為玉佛被小秀偷走了。故事結尾，真相大白，玉佛只是被小秀悄悄地包裝得更嚴密緊實而已。主角夫婦在路上出了車禍，所有隨身行李全摔得粉碎，只有那尊玉佛完好如初，分毫未損。

小說敘述者捧著完整無損的玉佛，彷彿捧著小孩子細膩溫柔的心。玉佛是小秀的化身，也是所有赤子童真的象徵。小說最後一段，既是最後一幕，也揭開小說主題與象徵：

> 賓英把玉佛緊貼胸前，淚眼盈眶的親著它。因為它潔白的額頭，仍似映著天山的雪，它的晶亮的臉頰，正閃著小秀同樣的光彩。（〈玉佛恨〉，頁242）

小孩純潔與童真所「閃爍的光彩」，是作者「新疆歲月」近三年難以估計的收穫，因此潘人木忍不住說：「新疆，這荒涼的地方，它給我的太多了！」換句話說，哪怕冰天雪地，大漠荒原，只要有兒童的地方，就有純真與光彩。童真有如陽光，任何時地只要存在赤子，便不顯荒涼。潘人木描繪兒童的純真，即便從外觀穿著起筆，同樣入木三分。若非從心眼裡對孩童真心偏愛，難能如此敏銳捕捉兒童的精神形貌。以下是形容初見混血兒阿麗亞的場

景與情境，作者將她比喻成「冰封雪地裡的藍色火焰」：

> 在黃昏與雪當中，我覺得她的小小的合身的大衣，
> 她的圍巾，她的包頭全是黑的。唯有兩隻眼睛，在
> 當地當時我的心情下，不能說它們像水，像海，像
> 秋日的天空，對我而言，它們簡直像液體的藍色火
> 焰。因為我打了一天一夜寒戰，才第一次看見可以
> 喜愛的東西。（〈阿麗亞〉，頁281）

　　潘人木初臨新疆或初寫新疆，便遇見她最喜愛的東
西，那是小孩的童真，她從兒童眼睛裡，看到人世間最美
的光彩。

3.異民族的女性之美

　　在新疆，白俄被稱為「歸化族」。在當時當地社會，
「白俄女人雖然不受賤視，卻很少得到尊敬」。小說家進
入故事以前，對「歸化族」給一般人的印象，有一番背景
說明：

> 由於教育的缺失和求生的不易，似乎她們比別人需
> 要雙倍的人情溫暖，所以常常在愛情方面碰運氣。
> 愛情是她們的娛樂，也是她們的食糧。於是落得個
> 浪漫的罪名。一提起歸化女人，人們都首先假定她
> 們是有五個丈夫的。（〈烏魯木齊之憶〉，頁254）

　　儘管一般對「白俄女人」存在這種「浪漫」的負面形象，潘人木筆下的「歸化族」卻是另一番風貌。她絕大多數小說都有個歸化族女主角，但這些女性除了長得美麗，不是勤勞盡責的母親，便是盡忠盡職的妻子，即使丈夫染病也能內外兼顧的能幹女人。換句話說，潘人木樂於也敏於觀察異族女性忠貞、勤勉、果敢的一面。短篇〈此恨綿綿〉裡開一間雜貨鋪的「塔爾汗」最具代表性。小說以鮮麗色澤描繪其外型，眞是「妙筆」可以「生花」，讓讀者如見其人：

> 她經常穿一件紫紅色的上衣，翠綠的肥大的裙子，黑色的外套，油光光的，和對面冰凍了的烏魯木齊河床，有某些相似的地方。兩條又粗又黑的大辮子，直拖腰下，好像從她繡帽裡生出的兩棵小樹，非要在她腳跟底扎根不可。（〈此恨綿綿〉，《文藝月報》，頁11）

　　她就是接下隊長指定任務毫無懼色，微笑坐在車隊前端機鎗旁，掩護漢人隊伍安全通過沙漠峽谷的維吾爾女子塔爾汗。峽谷裡匪徒正埋伏伺機而動，萬一誰擦槍走火，塔爾汗必是第一號槍靶子，有可能瞬間被打成蜂窩。但作者形容此時「她的微笑和在店裡答對顧客時一般自然」。當車隊終於緩緩通過時，她的大綠裙被風吹起，「就像幅勝利的旗幟」。這位忠貞細心又勇敢的異族女性，最後被

潘人木比喻成一顆「沙漠裡的寶石」，將永遠鑲在她心裡；臨別依依，那「封在冰天雪地裡」的三年歲月，因而成為最難忘的一部分。

塔爾汗隻身出關尋夫，顯見勇敢之外，也是有情有義的女人。另一個同樣勇敢，同樣有情有義的，是〈妮娜妮娜〉裡的第一女主角。小說剛開始，「妮娜」只是一個「歸化族女人的名字」，是漢人敘述者到了迪化以後努力要尋找的人。妮娜在伊犁事件的危急時刻，不但將敘述者父親藏在家裡，過後且幫他逃出伊犁，此人即父親再三叮囑女兒來找的女主角。

小說精彩處是妮娜悄悄來到尋她的主人家，以「佣人」隱藏自己身分。作者有意通過主人與僕人(她化名德美拉)一次對話，讓讀者看到「漢人價值觀」的勢利粗俗，實遠不及一長相平凡的歸化族女人。相信這也是漢人小說家潘人木，對文明社會價值觀一針見血的批評。

漢族女主人向德美拉解釋，她之所以認真找尋妮娜，目的是要「送她東西，送她錢」時，兩人對話如下：

> 啊！你真好！太太！我看妮娜也許不要東西，不要錢，不然，她早就來了！

> 怎麼會呢？她當初救了我父親，我看為的就是錢。

這話令女僕沉默良久。相信也是這句話，讓妮娜一直

不願揭露自己的身分。文明人或都市人，對所有行為一貫以金錢來衡量。這樣的心態一定深深刺痛了妮娜，也侮辱了她當年捨命救人的情感。相信她苦苦等待這位內地漢人的心，也隨著這樣的價值觀而終於破碎、破滅。結尾是她一隻手擦眼淚，一隻手拉著韁繩騎馬離去。以緩緩離開的「馬上身影」做為小說閉幕，有如曲終人散的電影蒙太奇。妮娜最後揮淚拒絕漢人「物質餽贈」的姿勢，敘述者眼睜睜地看她逐漸遠去，可望卻不可即的身影，可說是五〇年代小說中極動人而蒼涼的一幕：

> 隱隱約約的，我看見山上一個小黑點，那個小黑點慢慢的遠去，卻又像越來越近，一直走到我的心裡。

六、新疆題材小說的文學史意義

綜觀潘人木寫作生涯，除了四十五歲以後，半生心血貢獻給兒童文學，戰後五、六〇年代，正逢她三十歲前後小說創作的巔峰期。這時期創作成果大約可分成二個面向，概略用純文學出版的三本書作代表：(一)最早完成的長篇：《蓮漪表妹》，以她熟悉的大學校園作題材，時代背景是對日抗戰，也是她的成名作。(二)純文學版改名成：《馬蘭的故事》，追憶東北家鄉的少年成長歲月。

《蓮漪表妹》(爾雅版)

(三)短篇集：《哀樂小天地》，小說涵蓋新疆與台灣兩地的題材。

　　依上述幾段歲月的背景或地理環境——從青少年的東北、抗戰時期大學生涯的重慶、三年旅居的塞外新疆、最後渡海的台灣，總共「四地」來看，焦點最集中的創作，其實是「新疆題材小說」：四地互相比較，「新疆時期」停留時間最短，寫的篇數與字數卻最多，地域色彩也最鮮明。也許兩部長篇未及出版的緣故，反而它最少受到評家注意，更別說紀錄文學發展的台灣文學史，各版史書可說沒有一言半語帶到這個面向。

　　將「潘人木新疆題材小說」放進戰後台灣小說史與其他作品一道觀察，更突顯其為女性書寫或少數民族書寫難得的佳構。這批小說還不只「光聚母性」：小說頻頻建構母親的勇者形象，讚頌護嬰的天性母職，這光環還包含細緻刻畫兒童的赤子童心。此外，潘人木有心表揚漢族與少數民族的女性之美——不論是外表形貌，或內在的勤勞忠貞、熱情果敢。整體而言，新疆題材小說呈現的「異國情調」與「女性之美」，都兼及形體的內在及外在。

　　潘人木1943到1945大約三年時間在新疆停留。前往時方新婚，也剛從重慶中央大學外文系畢業：二十四歲對一位女性知識分子而言，正是一生中心力腦力的黃金階段。西北邊塞之行，所見所聞留給她難以磨滅的鮮明印象。表

現於一系列新疆小說，除了從心靈裡領受女性之美，感受母性之光，也從廣闊冰雪大漠，沐浴異民族風情，領略異民族心性之純良。從這個角度回顧潘人木文學之於五〇年代，別具特殊意義。尤其目前數本台灣文學史述及五〇年代時，不是「反共」便是「懷鄉」，彷彿除了「政策的附庸」或「緬懷過往生活」之外，已別無作品。

潘人木做為五〇年代小說家，新疆題材作品恰恰打破了這樣的尺度與框限。《哀樂小天地》有一半背景在新疆，一半在台灣。如果《蓮漪表妹》勉強算作「反共」，寫少年成長經驗的《馬蘭自傳》勉強算「懷鄉」，那麼如何給予焦點集中的「新疆題材小說」適當評價，則是二十一世紀重新建構、書寫台灣文學史的最新課題。特別是九〇年代以後，台灣文壇興起一波波的「旅行文學」、「原住民文學」，更不可閉著眼睛將新疆題材小說歸類為女作家的反共與懷鄉。

交代過潘人木作品於五〇年代文學史的重要意義之後，不妨回頭表明本文寫作目的與動機。「新疆題材」的說法想法，早在多年前閱讀《哀樂小天地》時即印象深刻，且找了機會向潘先生本人表達過這批作品的特殊性與重要性，並建議她另行整理出版。巧合的是大約在她去世前一年，電話中又提過一次，也得知她正進行修訂與整理，竟自告奮勇要代她找出版的「婆家」。此時回想，自己為何這麼膽大妄為，如此「雞婆」，談話細節已全部忘記。但手上有她寫的一封信，信上說：「……能夠再重新

結集出版，當然是好事，就怕沒人甘冒這個險。」更重要
是下面這段，充分表明潘人木本人對她新疆題材小說的看
重：

> ……無論如何，我會遵囑整理一番。其實關於新疆
> 還不只幾個短篇而已，尚有未見光的兩個中篇呢。
> 放心，我會翻出那些舊稿來給你過目。不過年歲大
> 了，一天做不了多少事，尤其仍需要一些改錯漏字
> 等等工作。希望不要介意，沒人出也不必勉強，自
> 己整理好也算完了一份心事。

　　信末註明日期「11月10日」。筆者在潘人木去世不
久，重新捧讀此信，心中不無遺憾。首先，也許她生前這
份新疆小說已經「修訂整理」完成，而終究如她說的，這
些作品難以找到出版機會。如今潘先生去世，已確定未能
如其所願，生前將修訂稿公諸於世──不論給我看，或交
出版社印行，給更多人看。筆者在她去世後，哀思之餘，
決定努力完成當年可能過於衝動的，介紹其新疆小說「給
更多人」的承諾。這兩年接觸、整理五〇年代台灣文學，
也在課室裡教授此時期的作家與作品，深深瞭解像潘人木
這般嚴謹的小說家在戰後文壇真如鳳毛麟角。本文文末，
強調新疆小說在台灣文學史的重要地位，除了向文學研究
者，也有意展示潘人木作品給眼光遠大的出版人，或負有
推廣文學任務的公私機構，提醒也期待他們能不計代價將

這一系列小說印行出版。如此一來，除了好作品不會埋沒，得以在華文世界廣爲流傳，也給戰後台灣文學花園增添顏色，讓園地裡更多了一批清新美麗的文學花朵。

《潘人木作品研討會論文集》

聶華苓文學與台灣文壇

海外身分與文學史書寫

■前言

　　聶華苓大半輩子生活在海外，兩岸三地文學史書多認定她為「海外華文作家」。有時候頭銜是「華裔美籍女作家」，她的書曾在美國得到年度最佳書獎。然而深入聶華苓作品，我們看到她小說內容主題，與台灣生活經驗有著千絲萬縷的關係。固然她早在1960年代就到了美國，也在美國開枝散葉，在愛荷華工作結婚，把婚姻和文學事業都經營得有聲有色。但不可否認，聶華苓文學事業源之於台灣，她的小說之筆是在台灣開始磨練的，她在這裡踏出「文學事業的第一步」——在台灣她寫出生平第一部短篇小說集，也寫出第一個長篇、中篇，還出版她第一本散文集。以比例來看，雖然留在台灣時間不長，且經歷一段苦悶恐懼的歲月：1949年她帶著母親女兒隨國民黨來到台灣，1964年離台赴美，從二十五歲到她四十歲，雖只短短十五年，卻是一個寫作者創作力最高，產量最好的黃金歲

月。台灣文學史書寫者或因她長居海外，即認定其作品非屬台灣，或誤以爲其精神主題寄託海外，乃屬海外華文文學。例如台灣幾本文學史，通常略提聶華苓是1950年代台灣文壇「自由中國」雜誌文藝欄編輯，未及其他。單將其身分定位爲一傑出編輯，未免錯失其在台灣文學史該有的位置。

一、剪影三生

　　皇冠版《三生三世》第一頁上印著短短題句，簡單扼要將作家一生勾勒出一幅完整輪廓：

> 我是一棵樹。
> 根在大陸。
> 幹在台灣。
> 枝葉在愛荷華。

　　繁體字版每一行末都加了句點，頗具象徵意味地，說明她每到一地都經歷一次天翻地覆，彷彿「再世爲人」，遷移三地因此像經歷過三輩子。這也是她與《城南舊事》主角林海音不同的地方：林先生半輩子文學事業都在台灣，也埋骨台灣；而「台灣時期」於聶老師，只是中間一小段。

　　《三生三世》清楚以時間繫年，正好隔出三個空

間——1949年以前是讀書、逃難、當流亡學生的青少年歲月，都在大陸，屬於「中國時期」。1949年後來台灣，至1964年赴美，這十五年期間創作力最旺盛，是編雜誌、教書、寫作的「台灣時期」。第三段「美國時期」時間最長，從1964年迄今，在愛荷華城開枝散葉。從事創作翻譯之外，更與詩人安格爾攜手主持「國際寫作計劃」，造福世界各地來的作家、藝術家。他們珠聯璧合，對文學有共同的信仰，他們「愛河」(愛荷華河)邊上的家，留下多少世界大詩人、小說家們的吟誦與笑聲。安格爾去世前的「紅樓情事」，一本書根本寫不完。

　　聶華苓是小說家，回憶錄也採用小說筆法。書中有她不同時段的人生經歷，傳奇性遭遇，戲劇性片刻，接觸的種種人物，但未觸及寫作生活。書中寫她的逃難、她的學校、她的婚姻與愛情，反而很少談她的作品。把她在大陸、台灣、美國，三個空間的文學歷程貫串起來看，大陸時期尚未創作，後面兩段才有文章發表。後兩段寫作成果又可歸納出三大類：第一類「小說」，長篇短篇都有；第二類「散文」，包括遊記、自傳與回憶。第三類「翻譯」，也是台灣時期就開始了。早期英翻中，如翻譯紀德的《遣悲懷》。到美國之後，中英都翻，中翻英部分，最著名的是和安格爾合譯的《毛澤東詩選》。也是譯了這部國際知名的詩選集，讓她陷入國民黨政府黑名單，久久難以塗銷也久久回不了台灣。費了她多少力氣，靠多少文友奔走協助，才在八〇年代末好容易解禁回台與親友相聚，

到母親墳上獻花。國民黨禁她的作品於先，又在形體上「禁足」於後，這些因素在在造成其作品疏離於台灣文學史的緣由。

二、短篇小說《翡翠貓》與《一朵小白花》

從她兩部短篇小說集都在當時最有規模的主流出版社印行，便知身兼編者與作者的她，既活躍於台灣文壇，更擁有旺盛人脈，寫作成績不可小看。1959年由明華書局出版的《翡翠貓》是她第一本短篇小說集，收入她五〇年代發表在《文學雜誌》等各刊物的十篇小說。雖是她「創作過程初期的試作」，卻是「針對台灣社會生活的『現實』而說的老實話」(大陸版前言)。小說裡各色人物全是從大陸流落到台灣的小市民，因此作者1980年由北京出版社再版這些短篇時，書名改為「台灣軼事」。書序寫道：這些小市民「全是失掉根的人」，他們不但全患著思鄉「病」，也全渴望有一天回老家。聶華苓怎能如此肯定，因為這時候，她就生活在他們之中。

1963年出版的《一朵小白花》也是十篇，這是第二部短篇小說，由文星書店出版，香港作家徐訏寫序。徐訏出版有《風蕭蕭》、《盲戀》，本

《一朵小白花》

是小說行家，也是評論家兼文友知音。唯他能細膩點出聶華苓小說籠罩一股淡淡哀愁，「幾乎每篇都在寫人與人之無法真正接近調和的一種充滿哀怨的孤獨」。而這兩部短篇之所以重要，意義應該是其嚴肅不苟的寫作態度，對當時文壇而言，她重視短篇寫作技巧，嘗試引進西方小說經典手法，在往後台灣的現代主義文學潮流發展上，不可能沒有影響。整體而言，聶華苓小說比之同時期作品，接觸面更廣，重視寫作技巧，尤著重於心理刻劃。寫這些短篇的同時，作者正翻譯美國小說家亨利詹姆斯的《莫德福夫人》。也因此，與其他現代主義小說相較，聶華苓更對女性遭遇與壓抑多一分理解與同情，勇於探索女性的情慾與心理掙扎。

三、長篇之《失去的金鈴子》

　　《失去的金鈴子》是聶華苓第一部長篇小說，1960年初版，也是作者「台灣時期」最後一部作品。畢業於南京中央大學外文系，1949年帶著母親隨國民黨到台灣的她，進入《自由中國》半月刊主編文藝欄十年，是她人生路途很重要的一段歲月。刊物在五〇年代台灣知識社群頗有影響力，也因而聚集一群台灣自由主義知識分子作家與政論家。料不到1960年9月雷震被捕，雜誌社隨之關門。失去工作的聶華苓於是在家裡寫「失去的金鈴子」，以她擅長的小說形式敘述一段成長經歷。十八歲女孩「苓子」為第

《失去的金鈴子》

一人稱敘述者，歷經一段戀情與幻滅，也呈現周遭女性在禮教枷鎖下的壓抑與呻吟。聶華苓從舊大陸來台，以後到新大陸開始新生活，「金鈴子」正好誕生於中間的「台灣時期」，此書出版時作者三十五歲，正是一生創作的金色年華。

小說初發表於林海音主編的聯合副刊，學生書局1960年初版，1964年修訂之後改由文星出版。兩位女性主編都寫小說，都很活躍。稱得上當年一段文壇佳話吧：差不多同一時間，林海音《城南舊事》也有一部分是在聶華苓編的《自由中國》上發表，兩人各把重要作品交給對方刊登，互相欣賞也互相提攜。

比起北京城南的小英子，苓子的年紀較大，對男女兩性的關係也更加好奇。少女苓子已經中學畢業，從都市來到鄉村。她對中國婚姻制度下女性的悲慘命運有更多思索，不但尋覓自己情愛對象，也看見封建制度下女性的情慾壓抑與心靈扭曲。由此可知，《失去的金鈴子》不僅是成長小說，也是一部「父親缺席」的女性小說。不只苓子

父親早逝，逃避感情的母親身邊沒有丈夫，連母親身邊的一代，也全是身體或心靈守寡的女人。從主題意識來看，女性角度與女性自覺簡直溢出紙面。

　　書籍本身也有不同的命運。六〇年代初期正逢「文星書店」多事之秋，《文星雜誌》繼《自由中國》也被查封之後，旗下書籍四散飄零，「失」書改由大林出版。後來有北京人民文學的簡體字版(1980年)，台北林白出版社1987年重排再版。到了新世紀似乎全部又絕版了。於熱鬧歡迎一位作家來台的時候，台灣有識之士或有關單位，不妨想到另一種歡迎作家的方式──重編或再版他們的作品。讓作家的作品被更多人閱讀豈非是更有意義的致敬方式。

四、長篇之《桑青與桃紅》

　　如果《失去的金鈴子》是女性一首成長之歌，那麼《桑青與桃紅》便是動亂時代一段流亡曲。

　　初稿完成於美國的《桑青與桃紅》全書約十三萬字，形式與主題都很有特色。以近代中國的動亂為背景，聶華苓嘗試以戲劇手法，拼貼書信、日記、地圖等文本，講述女性的流亡故事，也揭開她心靈的隱密角落。

　　小說時空背景跨度很大，自四〇年代到七〇年代：從抗日、內戰、遷台，直寫到美國。作者以四個場景、片段，就像一齣舞台四幕劇，展演女性知識分子如何在動亂時代一步一步走上人格分裂的悲劇。

　　「桑青」「桃紅」是同一女主角的兩個名字，也代表兩種身分，更展示其人格分裂的過程。故事開始的時候她是「桑青」，一個逃家的純真少女流亡學生，到故事結尾她變成「桃紅」，一個對眼前世界毫不在乎的縱慾女人，遊蕩於美國幾個城市。桑青與桃紅既是一人的「兩種變貌」，作者便有意採用「分裂」的形式手法——桑青的故事和桃紅的故事是雙線並行的，讀者可以兩邊對照。

　　當初寫小說，「一本厚厚的筆記本記滿了和小說有關的細節」，材料夠用來寫五部小說，但最終只選了四個片段，像是各自獨立的故事，但主題卻有連貫性。作者有心「模仿詩的手法來捕捉人物內心世界的真實」。這部小說除了「現實的世界」，更有一個「寓言的世界」。此書大量運用現代主義技巧：意識流、心理描寫、個人獨白、時序倒錯，並非輕鬆好讀的小說。

　　初稿最早在台北「聯合報副刊」發表，從1970年12月1日開始連載。當時主編已經從林海音換成平鑫濤。不幸的是小說刊到一半，在1971年2月6日，硬生生給腰斬了。來自官方的壓力太大，主編扛不住，只能再三致歉。此時香港《明報月刊》張開歡迎的手臂：台灣不能刊，我們能。桑書因此是在香港首次全文完整刊畢的，因而1976年也由香港友聯印行全球第一版。之後1980年由北京印行簡體字版，可惜被大刀闊斧地刪節，出來的書在各版中顯得最輕薄短小。台灣繁體字版則出版最晚，直到1988年才正式成書上市。難怪作者形容這本書是一支「浪子的悲

歌」──在台灣唱過，回到老家唱過，「在兩邊都是一支沒唱全的歌」。這是1986年香港版書序裡的話，作者很感謝香港讓這書最先有完整的面貌。

呈現二十世紀中國人流離逃亡傷痛印記的這部小說，通過女性身體、心理到精神分裂，情節主題穿梭於國族論述縫隙之間。到了九○年代，依然是用來討論「女性主義」「離散文學」的熱門議題。翻成英文版後，即被美國幾家大學東亞系選做課程教材，至今未曾斷版，每隔半年，作者都能收到出版社寄來的版稅支票。此書於1990年更得到「美國書卷獎」(American Book Award)的殊榮。

由此可知，此書不論在美國在台灣，都是研究的熱門對象，從來不過時，且隨著時間變遷，還形成一段獨立的「研究史」。不妨引用李歐梵在〈重劃《桑青與桃紅》的地圖〉一文中幾句話，他將各時期的研究特性說得很清楚：

> 七○年代初出版的時候，它的意義是政治性的。到了八○年代，女權與女性主義抬頭，這本小說又被視作探討女性心理的開山之作。到了九○年代，幾乎不約而同的，幾位在美國大學教中國文學的教授朋友都採用這本小說作教科書，而研究亞美(Asian-American)文學的學者，最後也「發掘」了這本小說並肯定它的價值。

《桑青與桃紅》

　　各種外文譯本不算，桑書單中文版便有七種，分別在
大陸、台灣、香港等地出版。幸好八〇年代以後出的都已
是完整版：台灣1988年由「漢藝色研」推出的《桑青與桃
紅》，由李蕭錕設計封面，花布造型封面精緻典雅，作者
私下最是喜歡。1997年推出的時報版，列爲「新人間叢
書」第2號，長髮裸女封面是雷驤的手筆。時報版封面上
形容這書：「流放海外二十餘載，像一個世紀性的漂泊
者。」的確，這本書出版旅程坎坷，歷經不同方式的查
禁、腰斬與刪節。而不同時間與版本變化，一本書不可思
議地，反映著海峽兩岸政治的風雲變幻。

五、在愛荷華開枝散葉

　　就情之所歸，追求終身幸福而言，來到美國之後的第
三段人生，才是她最豐盈美滿的歲月。就寫作之路啓蒙與
開展來看，讓生命樹長青的中間枝幹「台灣段落」，也有

其文學旅程首航的重要性。打開出版目錄，1953年在「自由中國」出版第一部中篇小說《葛藤》，顯現寫作之路確是來台之後方啓航。接著有1959年的《翡翠貓》，隔年長篇《失去的金鈴子》，一步一步逐漸打造其專屬的文學園林。

　　台灣歲月才十五年，是三段中最短的。外文系畢業的她，看稿寫稿兼翻譯，也曾在台大中文系教小說創作，充分學以致用。文學原是志趣，到了台灣時期兼以之謀生。她通過小說回憶故園，反芻大陸時期青春歲月，即使遠離家鄉，文化之根常在。回首來時路，台灣歲月正是承先啓後的一段：坐在編輯台也是文壇核心位置，須執筆創作文學養料才能吸收醞釀。人生之樹必須先從根部到枝幹，才終有美國時期的花果滿樹。

　　追尋愛情聶華苓來到美國愛荷華城，也得到人生最好的歸宿。也是來此才開枝散葉，成就工程浩大的「國際作家工作計劃」(International Writing Program)，造福全世界作家，讓全球各角落的文學工作者有機會來到安靜明媚的愛荷華城，或交流或充電，完成各自的寫作計劃。她是這個計劃的創辦人、主持人。在美國，她更獲得美國三所大學頒給她榮譽博士學位，得到美國五十州州長所頒的文學藝術杰出貢獻獎。IWP的工作成就，也使他們夫婦雙雙獲得諾貝爾和平獎的提名，這個受全球作家愛戴與懷念的工作，直忙到1988年才正式退休。

　　分享聶華苓迷人的婚姻生活則不能遺漏這本書——
1996年時報出版的《鹿園情事》：

> 天空下，有個鹿園。一個美國男子和一個中國女子
> 在鹿園裡，相惜相愛，生死相許。走遍天涯海角，
> 永遠回到鹿園。

　　對於兩人一路走來的「情」與「事」，他們有說不完
的話。書裡有對談，也有獨白與沉思。紅樓鹿園裡，他們
各種姿態的生活，只有各種不同的文體才可以表達。所以
這本書的文體很雜，有遊記有日記，有情書更有軼事傳
記，然而，聶華苓說：「我們的婚姻是我這輩子見過的最
美滿的婚姻。」

　　關於「我在愛荷華」，作者早在出版鹿園的十年前，
由台北林白出版社印行一本《黑色‧黑色‧最美麗的黑
色》；此書分兩卷，前半部「我在愛荷華」收十四篇文
章，視野開闊，更加理性；後半部「我在台灣」，文章選
自台灣時期，「視野只限於四面環海的孤島」，比較感
性。作者回顧這書，彷彿活了兩輩子，這時候她還在國民
黨「黑名單」中，看著當年許多人許多事，真是鏡花水
月，無蹤也無影。

　　台灣這兩年女作家文學傳記接二連三上市，結成一股
出版熱潮。前年由九歌出版陳若曦「七十自述」，書名
《堅持‧無悔》；去年天下遠見推出齊邦媛《巨流河》，

書一面世即在讀書界捲起一股巨流，獲獎無數，叫好又叫座。聶老師齊老師兩人相差一歲，陳若曦接近兩人學生輩年齡最小。巧合的是，三人不是在台大教過書便是當過學生，台大文學院廊道上重疊著她們的腳印。三書的特色是視野開闊，文筆優美有力，三位女作家的生命旅程且都橫跨大陸、台灣、美國三地，從不同角度見證海峽兩岸新舊大陸的時代風雲。

六、這輩子最好的歲月

常把傳記《三生三世》推薦給朋友的原因，在於其處處運用小說筆法，可讀性高，本身就是藝術作品。此書第三部「紅樓情事」即寫在愛荷華小城與詩人保羅・安格爾，半生情愛以及婚姻生活種種，將保羅的性格人格寫得栩栩如生，特別迷人。最驚心動魄的是讀到全書末段：夫婦兩人在飛往歐洲領獎半途上，詩人突於機場病發倒地，急救不及，讓所有讀者和作者一樣，一下子既反應不過來也不能接受——1991年三月詩人竟於旅程途中去世。

五百多頁厚的《三生影像》，不但比《三生三世》增加了三分之一的文字，更放進兩百八十四張照片，張張她都親筆詳加解說。這部由北京三聯書店出版的書，銷路極好，出乎她的意料。此書也出了台灣繁體字版，書名改為《三輩子》，2011年由台北聯經公司印行。台灣版書封上有一小段濃縮她一生的敘述，雖是廣告詞，卻也精準地道

出此書精神：

> 一個華麗的翩翩背影，兩聲靈巧的清脆鈴聲，三種
> 人生階段際遇。

> 回顧民國以來，一位重要作家的三世傳奇。

此書書腰上，另加有這麼一句：「她家的客廳，是半個世界華文文壇。」看上去似乎誇張，卻是不折不扣很寫實的形容。

2010年秋天來到聶老師緊靠著河邊山坡上的家，終於走進這棟收藏了無數作家笑聲與記憶的「紅樓」。聶老師帶我們裡裡外外走了一圈，從掛著的書畫、櫃上照片、牆上成排的木雕面具……，一草一木無不是她和安格爾兩人執手相看的幸福身影。當我們驚訝於那麼漂亮寬闊，幾乎可坐進三十人的大陽台時，聶老師的回答依然是那句話：「全是Paul自己動手做的。」

也看到屋後一片綠茵：聶老師筆下的鹿園。但見翠綠青蔥的樹叢，枝葉搖曳卻空空蕩蕩看不到鹿的影子。「一直都是Paul在餵，他去世了，鹿也都不來了。」當我們分別走進兩人書房——紅樓原就兩人各有一間寫作的地方。最讓人感動的是，詩人去世快二十年了，聶老師仍為丈夫書房保留他離去時的原貌。

「寫字累了，我隨時進來坐一坐，和他說兩句話。以前一直有這樣的習慣。」

詩人書房裏有他當年隨手放的一疊疊詩集，隨手塗鴉的幾疊詩稿，桌上一台黑色古董打字機，上面還捲著當時的信紙。他旅行時常戴的鴨舌帽還瀟灑掛在架上──我們看到的，正是詩人安格爾1991年離家那天的「現場」，書桌上兩人的合照綻放花一般燦爛的笑容。

那日我們圍坐客廳喝茶聊天，聶老師談起當年編《自由中國》年月，鄰室殷海光以及同輩文人生活趣事，直到夜深了大家仍意猶未盡。我特別愛聽五○年代台灣藝文掌故，一路追著文壇人事，鉅細靡遺，打破砂鍋問到底，讓女主人幾度掉進時光隧道回到往昔台灣歲月。連當時作家們嗜好打麻將：她和林海音都愛打之類的日常瑣事，我都聽得津津有味，欲罷不能。

回憶通常是經過腦海自動篩選的，聊起來都是快樂時光。寫信便不同了，記得聶老師給我的信上，曾提起她在台灣：「從沒快活過。大陸時代，到底年輕；一個女人最好的年代，卻在台灣十五年的壓抑中犧牲了。」只因為那個時代那樣的局勢，還有局勢下個人的生活遭遇。聶老師說：「我這輩子最好的歲月，是和Paul Engle一起在愛荷華渡過的，這就是為什麼我要守住這空洞洞的卻又內容豐富的紅樓。」

想起聶華苓1988年出版的中國遊記，書名：《三十年後──夢遊故園》。如果書是此時出版的話，夢裡故園當

然是指「鹿園」。從中國、台灣到愛荷華，別人只一世她
擁有三生，引書首一句話：「回頭看看——走了好長好長
一段路啊！」

七、21世紀，人與作品都回到台灣

　　2009年8月聶華苓從美國回台訪友順便領獎：獲馬英
九總統頒授二等景星勳章，還在總統府發表演說：「今
天，我回來了。」

　　2011年5月她再次回台。早年任教的台灣大學文學院
籌辦「聶華苓學術研討會」，應邀發表專題演講，她的講
題是「又回台大」。17日則是趨勢教育基金會、台北市文
化局、文訊雜誌社等合辦「百年文學新趨勢——聶華苓文
物展」的揭幕典禮。21日台北一場盛大「百年小說研討
會」，聶老師的講題爲「愛荷華國際寫作計畫的過去、現
在、未來」。她以八十六高齡回到文學啓蒙地台灣，參與
一整個禮拜的密集活動：演講、座談，與故舊好友歡敘。
她大半生爲文學付出，理應得到文學界最熱烈、盛大的歡
迎與回饋。
　　回顧聶華苓一生，從外文系畢業、編輯、寫作、翻
譯、教書。到美國之後，仍爲全球作家奔走、爲促進國際
文化交流而忙碌，她用包容的心，熱情擁抱來自各地不同
文化的詩人作家，她所主持之「愛荷華作家工作坊」，可

說是「世界大同」眞正實踐者。聶華苓做爲「熱愛文學，奉獻文學」的象徵，本身正像是華文文學史上一棵高聳穹蒼的大樹：蒼勁而美麗，屹立在寬廣的文學草原。不管從兩岸三地哪一個角度，文學史書寫遺漏了她，或看不見她都是史家嚴重疏失。

第四章

從《蝗蟲東南飛》到《異域》血淚

尋找郭衣洞的文學史位置

■前言

　　基於複雜的原因，目前海峽兩岸「台灣文學史」書寫，述及「五〇年代」或加上「反共文學」標籤的相關章節，幾乎不提「小說家郭衣洞」。五〇年代寫小說的郭衣洞即六〇年代著名雜文作家柏楊，有意思的是：這兩個名字不但「被讀者接受」的程度大不相同，在文學史書裡所「佔的篇幅」差別更大。當然，「兩個名字」各自代表的「文類」與「文學時期」並不一樣。

　　郭衣洞在「五〇年代文壇」的作品產量與活動能力皆強，比之同代作家並不遜色，而八〇年代陸續成書的文學史裡「再現」的台灣文壇，卻彷彿從未有此人存在。以下即以「文學史查無此人」為切入點，從個別作家作品、活動，及其與文學生態關係的角度，以繫年紀事方式，呈現郭衣洞在台灣文學場域裡的身分角色以及所佔位置。

　　「五〇年代」原是國民黨政府剛到台灣，實施戒嚴

柏楊83歲時，應鳳凰攝於2003年。

統治的第一個十年，黨機器強力運作下，大陸來台作家大半被動員鼓勵以「愛國反共」為創作題材。郭衣洞以反共小說應徵得獎而踏入文壇，進救國團工作擔任文藝活動組長，又兼「中國青年寫作協會」總幹事，可說是執行、推展政府文藝政策重要成員之一。也許專欄作家柏楊的名氣太大，掩蓋了先前的小說成就；也許坐了國民黨的監牢，模糊了他過往「反共作家」的文壇角色。總之，個人的思想行為會變化，就像文藝政策文學思潮也不斷在變化一樣。本文截取郭衣洞「五○年代文學生產」及其與威權體制的關係為橫斷面，藉以審視郭衣洞此一時期的文學史位置。台灣文學史書寫鼎盛的八、九○年代，也是台灣文壇「本土化論述」興旺期，本土作家作品在文學史建構過程，往往也是被經典化的過程。本文試從後解嚴視角加以審視並探究：郭衣洞在五○年代文學成果如何，交遊網絡如何？其官方角色：救國團活動組長、青年作協總幹事，對文壇的影響力如何？依其反共主題，文藝活動推展者角色功能，又該佔據五○年代文學場域／文學史敘述怎樣的位置？在找尋台灣文學史書寫何以遲遲未「收編」郭衣洞之際，也探討意識型態論述如何在歷史敘述裡運作與相互角力。

一、郭衣洞與國民黨文獎會 —— 如何與爲何得獎

(1951~1953)

1949年來台從基隆上岸時，三十歲的他很少投稿寫作經驗。1951年偶然機緣看到國民黨文獎會徵稿啓事，不想從此走上另一條人生道路。

1.得獎經過

> 我寫小說是十分偶然的，我來台灣後一直教書。大概是一九五一年，有一天，在報上看到中華文藝獎金委員會徵稿啓事，就提心吊膽的寫了一篇寄去，結果錄取了。當我看到我用筆寫的字變成整齊美觀的鉛字時候，內心湧上來的是一陣一陣的掩飾不住的狂喜……[1]

接著他敘述自己如何開始編織美夢：如果「繼續不斷的寫下去，可能藉著文字吐露內心積鬱，和廣大人群內心的積鬱共鳴」。想不到這一念之間的宏大抱負，使他漫長一生一直「被寫作所主宰」：郭衣洞來台後因寫作而成

1　郭衣洞：〈關於「郭衣洞小說全集」〉，本文置於《郭衣洞小說全集》每集書前總序。1977年8月先出版第一批共五集，分別為《秘密》《莎蘿冷》《曠野》《掙扎》《怒航》，序文先刊於1977年7月1日，台北：《愛書人》旬刊。

名，而戀愛再婚；也因寫作而入獄，而妻離子散。1996年
出版的《柏楊回憶錄》同樣提到他來台的「文學初步」：

> 到台灣後，對共產黨在大陸上的流血鬥爭和極端的
> 不自由，以及台灣島上的南北漂泊，使我心中產生
> 很強的寫作衝動，只是沒有機緣。……(1953年)我寫
> 下平生第一篇散文，投寄到當時台灣最大的一份雜
> 誌——《自由談》，而且被採用發表。[2]

2.小說內容

　　《蝗蟲東南飛》既是郭衣洞來台發表的第一部長篇，
也是早期少數得獎的反共小說。得獎過程或「誕生背景」
完全相同的，是早它一年發表的《蓮漪表妹》，[3]作者潘
人木。同樣投稿文獎會，同樣《文藝創作》連載，兩書往
後的命運卻大不相同——《蓮》書不但廣為人知，修訂後
八○年代改由林海音經營的「純文學」出版社出版，得到
讀者與評論家充分肯定，每部文學史一提到五○年代反共
文學，無不提《蓮漪表妹》做為代表，且大半交代其為文
獎會得獎作品。

　　事實上同類「反共長篇小說」，每一部在文學史書的

2　柏楊口述：《柏楊回憶錄》，台北：遠流出版公司，1996年7月，頁214。
3　潘人木《蓮漪表妹》首刊於1951年12月《文藝創作》第八期。全書十二萬字共分五期
　　刊畢，至1952年4月1日第12期結束，同時由文獎會出版單行本。

「能見度」都比《蝗蟲東南飛》高，陳紀瀅《荻村傳》
1950年於《自由中國》文藝欄連載，張愛玲《秧歌》1954
年《今日世界》連載，姜貴《旋風》出版得較晚，但完稿
時間與這些小說相差無幾。是什麼因素，造成同時期發表
的長篇小說，有些廣為大眾與評家接受，一版再版或一論
再論，有些卻長期被史家讀者冷落，總是無人聞問像是未
曾存在過？這不僅是有意義的問題且值得進一步探究──
怎樣的文藝作品，或怎樣背景下作品容易被經典化？一般
而言，作品之生產與消費背後，皆有其複雜的社會背景因
素，作品之「經典」與否，並不單純以作品的藝術性高低
為判斷標準。

　　毫無疑問，「主題反共」是《蝗蟲東南飛》得獎的理
由。本書以中國東北為背景，以暴露蘇俄紅軍的蠻橫、殘
暴為重心，寫一群窮凶極惡的「俄
共」軍人，在長春、瀋陽等地燒殺
擄掠，慘無人道的詳細經過。書名
叫「蝗蟲東南飛」，乃喻指蘇聯軍
隊為「飛向東南的蝗蟲」，他們泯
滅人性，造成的滔天罪行比天災還
可怕。「上帝把泥土造成人，而史
太林把人造成禽獸。」[4]前言(楔子)這
句話，頗可代做小說主題。

《蝗蟲東南飛》1987年新版

4　本句引自《文藝創作》第19期首次發表版本，頁64。出版成書時原句改為：「上帝把
　　泥土造成人，而共產黨把人造成禽獸。」本書從雜誌初刊到單行本出版，版本眾多。

　　這部書從1953年誕生迄今已有五十多年，它的身世和作者一樣滄桑坎坷。文獎會出版十餘年後，作者或許不滿意而於1966年加以修訂，改名「天疆」重新在自立晚報連載(此時作者正在該報工作，擔任副總編輯)，修訂新版後曾由作者自營的「平原出版社」發行。隨著1968年作者入獄此書亦不幸被查禁，從此絕跡江湖，直到郭衣洞出獄後整理小說全集，才遲遲於1987年改回原名出版。得獎於國民黨也查禁於國民黨，郭衣洞與威權政府關係複雜一至於此。

　　郭衣洞一生著作等身，反共小說只佔他所有作品很小的比例。而這部小說背景並非憑空捏造，乃緣於他在東北一段生活經歷。郭衣洞原畢業於東北大學政治系，且於1946抗日戰爭結束次年，赴瀋陽擔任《東北青年日報》社長，也在私立遼東學院教過書。1949國共內戰，他一路經北京、青島、上海抵達台灣。若非反共信念堅定，一個文弱書生也不會千里迢迢飄洋過海，到一個從未聽聞的海島謀生。1968年寫的獄中自白書裡，他還聲稱此書是「我國文學中描寫俄軍在華暴行」唯一小說：

> 我國所有反共作品中，主題全是中國共產黨，如沒有這本書，俄軍在東北暴行勢必湮滅。[5]

　　從「暴行勢必湮滅」這話，顯現作者重點似不在「創

5　柏楊：〈柏楊獄中答辯書之五〉，標題：「給台灣省警備司令部軍事法庭的答辯書」，收入孫觀漢所編《柏楊的冤獄》頁129-130，台北：敦理出版社，1988年8月。

作一部小說」；因「紀錄了俄共暴行」此書才具備生產的
正當性。固然這話引自〈答辯書〉，依當時特殊情境，不
無向當局表態的可能。明顯地，「紀錄性」是歷史書而非
小說的功能。從後見之明的角度，郭衣洞傾向於歷史家雜
文家的個性已露端倪：無怪乎他以後的雜文產量比小說更
大，批判社會的形象，歷史家的身分也比小說家更爲明
顯。大多數讀者只認識寫《中國人史綱》的柏楊，少人認
識寫小說的郭衣洞。

二、郭衣洞與「反共文學觀」(1952~1961)

　　1972年公開發表，約寫於1968年的獄中答辯書，[6]郭
衣洞向法官陳述來台初期的寫作經歷並自述對反共文學的
看法：

> 關於反共小說，我有一貫的看法和寫法，有些人認
> 爲反共小說不是藝術只是宣傳，所以很多大作家從
> 不寫反共的東西，以免影響清譽也免浪費時間，但
> 我認爲反共小說照樣是一種藝術，不但感動現代
> 人，且可因其技巧及含義而流芳百世。(頁130)

6　柏楊：〈柏楊獄中答辯書之五〉，標題：「給台灣省警備司令部軍事法庭的答辯書」，
　　收入孫觀漢編《柏楊的冤獄》頁129-138，台北：敦理出版社，1988年8月出版。本文
　　文末註明刊於《人物與思想》67期，1972年10月印行。

1.如何寫反共小說

　　相信「文學的藝術性」，能流芳百世而不朽，也堅信「文學的主體性」，認為藝術乃最高原則，並不受外在環境或形式影響：說明他是反對文藝應為政治服務的「文學工具論」，這與當時文藝政策，甚至後來撰寫五〇年代文學史的評論家，觀點略有不同。至於怎樣寫好這類小說，郭衣洞根據創作經驗，提供他的心得與技巧：例如哪些應該避免以及什麼才是真正有力的反共小說：

> 　　要避免兩點：一是避免像「游擊隊出來了」一類的八股文，小心創造嶄新的佈局；一是不可把敵人描寫得一錢不值，否則徒貶低自己的價值份量，所以在我寫的十幾本小說中，共×(匪)永遠不是×(匪)，而是笑容滿面的紳士，但共匪的可怕處也正在他的笑容，笑容可以誘人墮入陷阱，可以使人產生錯誤的決定。所以真正有力的反共小說，不是把共匪描寫成青面獠牙的那一類，也不是全篇口號標語的那一類，而是娛樂價值和藝術價值都是最高的那一種。(頁130-131)

　　答辯書凡遇見「匪」字全用「×」來代替，為了顯示原來的樣貌，只以第一句為代表，括號裡兩個「匪」字為筆者所加，以後的×字便自動代換了。上述引文最後一

句，最能說明郭衣洞的寫作觀，也因主張「娛樂價值和藝術價值」不可偏廢，無怪乎郭衣洞著作包括雜文、譯註歷史名著都能佔有市場，受廣大讀者喜愛。

2.站什麼立場與為什麼反共

同一份獄中答辯書裡，郭衣洞還吐露自己為什麼反共的個人立場：

> 我之反共，不是為政府反共，也不是為自己的利益反共，而是站在全人類禍福觀點，我站在人性尊嚴立場上反共，共匪與俄國聯合固然反共，共匪就是與俄國開戰照樣反共。我在小說中，使人感覺到不是某一共匪可恨，而是所有的共匪都可恨。我自以為這是我在思想上和寫作上與眾不同的地方。

孫觀漢編《柏楊語錄》，1967年。

孫觀漢編《柏楊的冤獄》，1988年。

這段話部分說明了《蝗蟲東南飛》的寫作動機，也顯現五〇年代文學生態裡文人寫作觀與主導文化扞格之處。若非反共何必追隨國民黨政府來台？八〇年代以降，文壇逐漸看不到這類振振有辭的反共言論，寫反共文學的作家，甚

至閉口不談過去的反共作品。台灣文學思潮在國府來台初
期，可說無人不反共，無時不反共，反共是理所當然且不
得不然。如何精確描繪五〇年代文學生態，勾勒當時的文
壇氛圍與樣貌，是文學史書寫重要課題。

三、郭衣洞與「青年反共救國團」—— 主辦藝文 活動(1954~1959)

　　《柏楊回憶錄》全書四十七章的「第二十九章」，題
目即「救國團」。「救國團時期」從他三十五歲到四十
歲，既是一個人精力最旺盛，思考最成熟的年代，也是漂
泊來台後第一個穩定的工作環境，尤其是他小說寫作的旺
盛期，重要性自不待言。

　　1954年，緣於過去「青幹班」同學包遵彭的介紹，郭
衣洞順利進入救國團任職。在回憶錄裡他向讀者解釋這機
構的組織與性質：

> 很多人認為中國青年反共救國團是一個特務組織，
> 其實，當然不是，它只不過是蔣經國培植私人勢力
> 的迷你王國。總團部設有若干組……像青年活動
> 組、青年服務組、文教組、婦女組……具有政黨組
> 織的雛型，蔣經國是主任，李煥是主任秘書，這是
> 一個單調的團體，被外人稱為太子門下。[7]

1.太子門下當文藝推手

　　雖然不清楚「單調」所指爲何，但郭衣洞擔任的職務，從今天的角度看，是一個文學場域裡具有相當影響力的位置：除了是救國團「青年活動組副組長」，更兼任「中國青年寫作協會」實際負責的「總幹事」。他自述：「擔任總幹事最大的好處是，使我認識了五○年代大多數作家。」

攝於1955年，中國青年寫作協會擔任總幹事。

> 當總幹事還有好處，當時台灣不但對外封閉得像一個鐵桶，對內也很少旅遊，只有中國青年寫作協會會員不斷組團作環島訪問，這在當時是一個石破天驚的行動。而更石破天驚的是，還組團分別訪問金門和馬祖兩個軍事重地，每一次都由救國團出面向海軍總部申請一艘登陸艇，由海總在坦克艙搭起床舖，這不是一個普通民間團體所可以辦得到的。(頁224)

　　此處正好爲前面所謂「太子門下」做註解，它當然不是一個「普通民間團體」，正如「文獎會」也不是「普通

7　柏楊口述：《柏楊回憶錄》，台北：遠流出版公司，1996年7月，頁216。

民間文學獎項」一樣。救國團還有一樣特色：它每年暑假都舉辦「暑期學生戰鬥訓練」：

> 在各式各樣的戰鬥訓練營中，特別成立一個戰鬥文藝營，這個營就交由青年寫作協會主辦，我自然是主角。文藝營普通分爲四組：小說、詩歌、戲劇、文藝理論。(頁224)

郭衣洞小說《曠野》
1962年出版

郭衣洞小說《莎羅冷》
1962年出版

相信這是戰後台灣各種「文藝營隊」的原型或始祖，最早的主辦人郭衣洞多年後仍津津樂道。難以意料的是：他一生重大轉捩點也因營隊而來——由於這個職務，他才於1958年冬天的「中國青年文史年會」大專生冬令營時，認識了靜宜英專的倪明華。兩人由熱戀而結婚的過程，鬧得滿城風雲雞飛狗跳，最後郭衣洞放棄婚姻家庭及救國團職位，離棄一切與倪再婚那年，正好四十歲。

2.小說生產

服務於救國團的五○年代下半，正是郭衣洞文學生產旺盛期，除了文獎會出版長篇《蝗蟲東南飛》，中興

文學出版社出了短篇小說集《辨證的天花》，早在1953年出版，都是反共主題之外，這時期出版的作品還包括：

1.《魔鬼的網》(短篇小說集)　　　紅藍出版社　　　1955年

2.《周彼得的故事》(童話小說集)　復興書局　　　1957年

3.《紅蘋果》(童話小說集)　　　　香港亞洲出版社　1957年

4.《生死谷》(短篇小說集)　　　　復興書局　　　1957年

5.《蒼穹下的兒女》(短篇小說集)　正中書局　　　1958年

6.《掙扎》(短篇小說集)　　　　　平原出版社　　　1960年

從《魔鬼的網》開始，郭衣洞的小說已經脫離了反共主題。這本文集是他1953到1955年間陸續發表的短篇，光從各篇發表的刊物性質，即可看山其投稿光譜已逐漸從官方雜誌轉向文藝純度更高的民營刊物，例如早期多投給《戰鬥青年》《海洋生活》《反攻》，後來則刊載於《文壇》《自由中國文藝欄》《幼獅文藝》等。小說內容也從以中國東北為背景的政治題材，轉向關注台灣社會黑暗面如官僚的醜惡嘴臉、切身的婚姻與兩性關係、貧富差距與階級歧視等。值得注意的是：這批早期小說常採尖銳的諷刺筆法，為達嘲諷效果，情節人物常有卡通般的誇張言行。但是書前書後又讀得出作者的絕望悲涼，試看〈後記〉的語調：

我沒有寫作的天才，筆下拙笨得很，而且非常遲

鈍，改了再抄，抄了再改，往往十數遍還不能定
稿，急的欲哭無淚。然而，我還是寫下去了，爲的
是生活，爲的是心底深處這股痛苦的憂鬱。[8]

　　顯現的畫面是威權政府下，一個知識分子的無奈與無
望，一個貧窮作家的憂鬱與痛苦。又提到他所處的，是一
個「以容忍爲羞，以幽默爲羞」，人人都喜歡作「偉大
狀」「聖人狀」「毫無瑕疵狀」的社會。時間是1955年10
月的台北，連出一本百餘頁小書也「頗不容易」的時代，
最後寫道：

我既沒有地位，也沒有權勢，更不是女作家，所以
將稿子送了很多地方，甘願不要一絲一毫報酬，還
是退了回來。現在，它雖然終算是出版了，但卻歷
盡了辛酸。(頁122)

　　當時台灣文學的生態與生產環境從這裡可以略窺
一二。他的批判性格也再次現出端倪：首先是小說的「諷
刺性」。當時小說主流，文藝愛情當道，鴛鴦蝴蝶小說才
是市場寵兒，他的「諷刺小說」因此與整體文風格格不
入。一般而言故事性高才是小說重要因素，寫小說而取其
諷刺功能，效果終究有限。但他的小說仍受雜誌編輯注

8　郭衣洞：《魔鬼的網》(短篇小說集)，台北縣：紅藍出版社，1955年10月，頁122。

意，從聶華苓的回憶文章可以證明：

> 五〇年代初期，正是我在台灣主編《自由中國》文
> 藝版的時候，一位署名郭衣洞的作者，投來一篇小
> 說：〈幸運的石頭〉。我們立刻就登出來了。《自
> 由中國》的文藝版常出現冷門作家，我們看重的，
> 是主題、語言、形式的創造性——縱令是不成熟的
> 藝術創造，也比「名家」陳腔濫調的八股好。郭衣
> 洞那時大概開始寫小說不久吧，可說是「冷門」作
> 家。但他的小說已具有柏楊雜文的特殊風格，喜怒
> 笑罵之中，隱含深厚的悲天憫人情操。[9]

可惜的是收在《魔鬼的網》兩篇曾刊《自由中國》文
藝版的小說：一篇〈幸運的石頭〉，另一篇〈被猛烈踢過
的狗〉，前者諷刺官場，後者諷刺教育界，或諷刺「尊師
重道」的虛假面具，都從反面書寫，滑稽突梯，令讀者拍
案叫絕。例如後一篇，寫一位到豪門去當家庭老師的窮文
人(頗似作者自畫像)，被小少爺整得鼻青臉腫，先是被彈弓石
子打在後腦，再是幫他在櫃子下撿球，手指伸進老鼠夾等
種種狼狽，而這戶僕從如雲的豪門主人公，正是「提倡尊
師重道」以之作秀的顯赫人物。可憐這位知識分子，最後
被侮辱得像隻狗似的夾著尾巴落荒而逃，寧可去掏糞坑，

9　聶華苓：〈寒夜‧爐火‧風鈴〉，刊香港《九十年代》雜誌，1985年6月，後收入《聶
　　華苓札記集》，高雄：讀者文化出版公司，1991年10月出版，頁187。

也不願再受這種非人待遇。

出獄後他整理「郭衣洞小說全集」出版時，不知何故這兩篇都被剔除。而遠流出版公司最新推出的《柏楊全集》二十八冊，小說部分也未予收齊補入，稱全集而內容不全豈不令人遺憾！

「諷刺小說」以外，郭衣洞也寫許多給成人讀的「童話小說」，收集成《周彼得的故事》《紅蘋果》出版。相較而言，他寫童話故事的時間不長，而這兩本書顯現他早年批判風格之外，另一種較柔軟的浪漫情懷。大陸學者雷銳評論這些故事：「包含著人類對後代的善良的呵護……，以及無私的奉獻、溫馨的祝福。」[10]給予童話不錯的評價。

郭衣洞小說《掙扎》
1963年出版

《柏楊在火燒島》1988
年出版

最後三本短篇小說集，則逐漸傾向寫實風格。首本《生死谷》還有一部分以大陸社會爲背景，小說技巧仍較生澀，到了《蒼穹下的兒女》(全集改名《凶手》)，不只人物與故事發生在台灣，不只「言情」，作者更欲透過兩性間婚前婚後關係，表達對人間情愛的困惑與思考。完成於五〇年代末的

---

10 雷銳：《柏楊評傳》(北京：中國友誼出版公司, 1996), 頁65。

短篇集《掙扎》，更走向他個人寫實風格的高峰，除了描
寫周遭物質社會之艱難，同時記述大陸知識分子流落台灣
島後種種流離與困頓。小說呈現台灣五○年代政經社會陰
霾的一面，既爲大陸文人漂流來台之初，譜寫了一首「流
浪者之歌」，也記錄了大陸知識人在那時代的精神創痛，
是他風格多樣作品裡，一部極有意義的代表作。

　　回顧郭衣洞五○年代小說書寫的幾個轉折——從反共
小說、諷刺小說，到童話故事，而後言情，最後寫實，主
題與類型是再三改變的。但總體看其「轉變過程」，較爲
突出的還是其中所蘊藏的批判性。我們可以說，他六○年
代以後大量寫雜文專欄，便是這種批判精神的延長，只不
過五○年代以「小說」，六○年代換了一個更直接的「方
塊」形式。若從西方「接受美學」的角度來觀察，柏楊雜
文後來大受歡迎，可說是爲自己找到了更好的表達形式。
如《魔鬼的網》之類的諷刺小說，其中尖刻的批判性已如
前述，但他是連「言情」小說，也傾向於思考的或控訴的
風格，這類小說之不合一般文藝讀者口味很容易理解，在
書序他也提到：「『市場上的失敗』，『公子才女不喜歡
我的小說。』」(全集總序，頁5)難怪1965年出了《雲遊記》
之後，他幾乎就不再寫小說了。

四、郭衣洞與「春台小集」——他的文壇交遊網絡

　　五○年代台灣這群活躍於文壇的作家每月聚會一次，

稱爲「春台小集」，若談自組/主性作家小團體，它是這時期最引人注目的文壇風景。現身說法，寫出「春台小集」意氣風發時期的作者，就有郭嗣汾、琦君、歸人等多人，其中寫得最詳細的，是彭歌與聶華苓。彭文發表於《文訊》雜誌，長達兩萬多字。

根據彭歌的描述，春台成員十人左右，是「小之又小的文友集團」，沒有規章，更沒有組織，祇是過一陣子在一起吃吃飯，聊聊天：

> 詩人周棄子有一回爲了小聚賦詩一首，說是「春台小集」如何如何，於是便沿用下來，稱爲「春台」，也許因爲第一回聚會是春天，在台北，也可能跟這兩者都無關。……做主人的好像是司馬桑敦和郭嗣汾。出席的是周棄子、潘琦君、李唐基、何凡、林海音、聶華苓、郭衣洞和我，大概就這十個人，算是「原始會員」。

後來成員還陸續加入寫小說的高陽(許晏騈)、南郭(林適存)，以及主持《文學雜誌》的「吳夏劉」三人組：吳魯芹、夏濟安、劉守宜。外地的寫作者若趕上了也會加入，如住台中的孟瑤、金門的公孫嬿。

根據聶華苓說法，春台與《自由中國》文藝欄關係密切，是常在這裡寫稿的一群作家時而聚會聊天，乾脆由周棄子發起每月一聚：

……從此我們就每月「春台小集」一次，或在最便宜的小餐館，或在某位文友家裡。琦君散文寫得很好，也做得一手好菜。她的杭州「蝴蝶魚」，教人想起就口饞。輪到她召集「春台小集」，我們就到她台北杭州南路溫暖的小屋中去「鬧」一陣子，大吃一頓她精緻的菜餚。「春台小集」也幾經滄桑。最初參加的人除了周棄子、彭歌、琦君與我之外，還有郭衣洞、林海音、郭嗣汾、司馬桑敦、王敬義、公孫嬿、歸人。後來郭衣洞突然放棄了我們；司馬桑敦去了日本；王敬義回了香港。…一九六〇年，《自由中國》被封，雷震先生被捕，「春台小集」就風消雲散了。

　　從上述的成員名單，可以看出皆是那十年主流文壇的佼佼者，正如初生旭日，不是最重要的雜誌或副刊主編，如夏濟安、聶華苓、林海音、彭歌，便是寫作正在旺盛期的小說家如高陽、琦君、司馬桑敦、郭衣洞，事實上大多具備雙重身分，既能編也能寫。這個小集與名單最能看出當時作家間交遊網絡──《自由中國》與《文學雜誌》是當時最重要文學媒體，林海音正主編《聯合副刊》，這小團體雖說是文人雅集，卻不妨看成頂尖作家的集合，文壇核心力量之一。一般文學史最常論及1957年由鍾肇政組合的「文友通訊」，實際上這群跨語言的省籍作家在五〇年代處於相當邊緣的位置，成立的時間也晚出許多。

五、郭衣洞與《異域》—— 是小說，還是報導文學？(1961)

　　1961年8月由「平原出版社」印行的《異域》，是一部以戰爭爲題材，敘述一批從雲南撤退到邊界的國民黨孤軍，面對叢林與戰爭困境的文學作品。此書誕生以來的「生命故事」跟它的主人一樣，既傳奇又坎坷。從初刊時化名「鄧克保」，造成作者身分撲朔迷離，到平原版因作者入獄被查禁而地下版大銷；這雙重神秘感，加以題材背景特殊，故事催人熱淚，它竟奇蹟似地在政治氣氛嚴峻的年代，衝破層層障礙，地上地下廣爲流傳，各種版本連盜印一起算，總銷量在七〇年代便已超過百萬冊，打破戰後台灣出版史文學書的印刷紀錄。九〇年代導演朱延平改編電影，票房一度大賣又帶動新一波書市熱潮。

　　同樣的，「書市高燒」現象，並不影響此書被評論家與文學史冷落的命運。做爲戰後台灣文壇一部暢銷作品，它極少被推薦、討論或進入學術研究。除了被廣大讀者接受，它從未得什麼獎，很少書評，兩岸文學史書也不談，此一特殊現象與戰後文壇柏楊的高知名度，形成強烈對比。

　　本書另一個「奇特」處是它「文類歸屬」的爭議性——它到底是一部報導文學，還是一本反共小說？探討這一問題，須從最早發表的情況說起。

1961年它在報紙上連載時，並不是登在文學性的「副刊」版面，而是以紀實報導的形式刊在台北自立晚報的「社會版」。原題：〈血戰異域十一年〉，以第一人稱的口吻，娓娓敘述1949年大陸撤退時，一支潰散的孤軍如何在雲南緬甸邊區叢林，建起一片游擊隊基地，孤臣孽子如何在生死邊緣掙扎的血淚經歷。署名「鄧克

正版《異域》（平原初版）

保」的作者，先在書裡表明這只是一個「化名」，理由是他接受記者訪問後「還要回到游擊區」去，因此不能用眞實姓名，新聞版面上言之鑿鑿，讓讀者並不懷疑確有鄧克保其人。連載期間，報社收到大批讀者寫給鄧克保的信。而山書以後的「序」言，同樣從新聞與眞實事件的角度出發。序者葉明勳一開頭便說：

> 比台灣面積還要大三倍的中緬游擊邊區，雖經兩次大撤退，現在仍鏖戰未休，每一寸土地，都洒有中華男女的鮮血，一支孤軍從萬里外潰敗入緬，無依無靠，卻在十一年間，一次反攻大陸，兩次大敗緬軍，……這期間有無數令人肝腸都斷的悲壯事蹟，不爲外人所知。[11]

11　葉明勳：〈序〉，《異域》，台北：平原出版社1961年8月初版，頁1。列爲「金邊文學叢書」。

　　註明寫序日期是1961年8月1日。全書六章，從第一章
「元江絕地大軍潰敗」起，雖只寫了十一年中的前六年，
但書中的軍人將領，除了鄧克保，全都是眞實姓名，例如
李彌將軍、李國輝團長。書的開始，先形容了異域原始叢
林的情形：

> 那裡充滿毒蛇、猛虎、螞蝗、毒蚊、瘧疾和瘴氣，
> ⋯⋯。世界上再也沒有比我們更需要祖國的了。然
> 而，祖國在哪裡？我們像孩子一樣的需要關懷，需
> 要疼愛，但我們得到的只是冷漠，我們像一群棄兒
> 似的，在原始森林中，含著眼淚和共產黨搏鬥。

　　鄧克保筆下這批孤軍的結局，有一半死於毒蚊瘧
疾，有一半死於緬軍與共軍之手，「子彈洞穿他們的胸
膛」，無論如何都鬥不過死於戰場的悲劇命運，最後大

《異域》重排新版(星光版)

半忠貞之士都葬身異域。本書吸引
人的原因，除了題材特殊：邊區及
少數民族背景，頗具異國風味，主
軸又是國民黨打敗仗的血淚戰事，
勾起讀者多少當年逃難撤退的歷史
記憶。書名雖叫《異域》，指的只
是背景，眞正主題其實是「孤軍」
二字。書中每當軍隊走投無路時，
總是高喊著：「啊，祖國，你在哪

裡。」可說明主題更可以濃縮成一個「孤」字——全書主旨，在表達一群被國家所棄，明知不可爲而爲的孤軍、孤臣、孤兒的心聲。成書的1961年距離郭衣洞以及國民黨大隊人馬來台的1949不過十年左右，大家背井離鄉的家國之痛、故園之思相信記憶猶新，對作者「孤臣血淚」的情境也必定感同身受，這是此書暢銷多年的重要原因。

而鄧克保就是在自立晚報編輯部工作的郭衣洞。此書誕生經過，《柏楊回憶錄》有一段記述：

> (《異域》)故事背景是根據駐板橋記者馬俊良先生每天訪問一兩位從泰國北部撤退到台灣的孤軍，他把資料交給我，由我撰寫。(頁246)

這段話說明了書中種種情節場景，並非郭衣洞本人親身經歷，而是透過第三者口述而來。更讓人驚異的，甚至連訪問者也不是郭衣洞本人而是另有其人。他是透過記者的訪問資料，加以記述、拼湊、改寫而成的。換句話說，文本中第一人稱獨白，男主角內心感受：不論是痛苦時的呼天與哀號，或對政府偏安台灣，拋棄孤軍的怨懟不滿，都是作者透過僞裝的「紀實形式」所發出的個人感慨。

做爲手裡握有一管筆，隨政府來台的清苦知識分子，郭衣洞有話要說，從肺腑裡要把「眞相」吐出來。雖然這本書出版「使那些一臉忠貞的傢伙大爲憤怒」。(柏楊語)也引出「國防部對報社的強大壓力」。我們在此處看到一介

文人對大批生死線上受難孤軍的同情，也看到文人對少數人在位者操弄「國家符號」的虛偽性有所不滿：

> 很多當初在大陸誓言與某城共存亡的將領，結果不但城亡人不亡，拋棄了願為他們戰死的部下，甚至捲款逃到台北，藉著關係，竟先後到國防部坐上高位。

文人手上有一支筆，他能作的，便是寫一段故事，或借「真相報導」的形式，借題發揮，包括虛構出一個「正在書寫真相」的情境。從另一個角度看，可說作家正用一支渺小的筆，挑戰一具龐大的國家機器。也因此筆者認為《異域》文本裡，不論寫實或虛構的戰爭場景，具有感染力的「祖國」與「家國」想像，字裡行間透露「不滿偏安者」的意識型態，在在都顯示這是一本以第一人稱敘述、有情節有結構的創作。單就形式而言，想像的成分也比實地報導要大些，稱得上小說創作，而非「報導」或「報告文學」。再根據其主題人物與環境背景，歸入反共小說也沒有錯，反共題材對郭衣洞而言並不陌生：根據作者所言，他是「站在全人類禍福觀點，站在人性尊嚴立場上反共」，就《異域》而言，他還可以加一句「站在人性尊嚴立場上反拋棄孤軍的偏安政府」。總之，《異域》還是台灣戰後文學史裡極少數的「反共文學」或「戰爭小說」，就像近年不少戰爭電影，以戰爭為題材，骨子裡表達的主

題卻是反戰。

　　1949年國民黨政府帶了大批軍隊到台灣，以後的島嶼實際上並沒有戰爭可打。政府儘管汲汲於提倡「戰鬥文藝」，五○年代描寫國共戰爭背景的小說極少，寫抗戰時期的兒女情長較多。雖有人認爲《異域》能暢銷，是因柏楊捏造了一個「鄧克保」的狡

《異域》盜印版銷量驚人

獪，加上他的「冤獄」所造成的。我們當然可以把鄧克保的「創造」，當作郭衣洞的設計與寫作策略。然而這本書也非常弔詭地，顛覆了一般對「歷史」與「小說」的文類概念。大家都熟悉的一句名言：「歷史除了姓名與年代，其餘都是假的；小說除了姓名與年代，其餘都是眞的。」《異域》的形式表現是反過來──是用眞的姓名與年代，來營造感人肺腑的「悲劇故事」。固然具有其虛構性，從被大眾接受的角度來看，筆者將之歸爲戰後台灣一本被讀者與市場充分接受的戰爭小說。與朱西寧七○年代發表的長篇《八二三注》比較，朱著也是將戰役故意設計成「報導」的形式，每一章節都用一段軍中的公文作開頭，卻從沒有人懷疑他是在寫小說。

■結語

　　整體的看，郭衣洞來台以後到1968入獄以前，可從

中分成兩大段落，一般所謂「十年小說」與「十年雜文」——1951到1960年以「郭衣洞」本名寫小說，1960到1968年以「柏楊」筆名寫雜文。兩個段落間相當方便的，可依不同姓名且不同文類來劃分。這兩階段的界線正畫在1960年，這一年他被迫離開救國團，進入慘淡經營總發不出薪水的自立晚報編輯部，開始寫「倚夢閒話」方塊專欄。

這兩段看似截然劃分的文學時期，中間其實有一點「重疊」的部分，屬不黑不白的灰色地帶，那便是化名「鄧克保」寫孤軍血淚的《異域》階段(1961)。本文把《異域》認定為戰爭題材或反共主題小說，正可接在郭衣洞「十年小說」時期尾端，成為這段時期一筆亮眼的句點。他台灣上岸後，1952年向國民黨文獎會投稿，以反共小說《蝗蟲東南飛》步入台灣文壇中心，1954年進入蔣經國主持的「中國青年反共救國團」，兼任「中國青年寫作協會」總幹事，年年承辦青年戰鬥文藝營，對全省大專文藝青年有很大影響。郭衣洞又是主流文壇「春台小集」核心成員，作品產量多，文壇的動員能力更強。

做為五○年代主流思潮的反共文學，郭衣洞不但有自己的看法，也有一己的創作方式。換句話說，他在此時文學場域佔有核心位置，而且面積不小。兩岸文學史書寫不應當忽略，卻忽略他的原因，有可能「雜文作家柏楊」名氣太大，掩蓋了他的小說成就；也有可能他坐過國民黨十年監牢，給人「反國民黨作家」形象，而無法與「反共

小說作者」聯想一起。最大可能，還
在八、九〇年代文學史書寫，正逢本
土文學思潮興起，或建構本土意識的
階段，對五〇年代反共文學大多給予
負面評價。同樣，大陸學者怎會認同
一個「反我們共」的小說家。列舉至
此，發現本文題目不妨改爲「文學史
如何收編郭衣洞」，或「收編郭衣洞
的五種方法」。

《另一個角度看柏楊》，
1981年。

第五章

王鼎鈞自傳與文學史重構

《文學江湖》再現之五○年代文學歷史

一、重繪江湖樣貌

　　王鼎鈞最新一本回憶錄，書名《文學江湖》，寫他半生在台灣文壇種種際遇。本文的問題意識是：有別於後輩研究者的推論與想像，作者本身是接觸、走過五○年代文壇的「過來人」。其所見所聞，所走過的「江湖」，和今天不同史觀(或意識型態)所建構的文學史書，包括學院講堂根據二手資料繪製的文學掛圖，攤開來互相比較，有多大差距，呈現哪些區別？這是筆者閱讀《文學江湖》最感興味之處，也是本文嘗試追求的答案。

　　為使焦點集中，以下將範圍鎖定上世紀「五○年代」：不僅因它是國民黨剛到台灣「第一個十年」，也因為一直以來這段文學歷史，各史家詮釋兩極化──例如國民黨史家的詮釋，認為這時期作者書寫反共經驗，他們從大陸來到台灣，無不是親身的血淚經驗，真實而感人。大陸人寫的文學史，則認為這些反共作品多是政府的宣傳工

《文學江湖》

具，扭曲歷史事實。而本土史家如葉石濤的《台灣文學史綱》，則認為反共作品和台灣民眾「現實上的困苦生活脫節」，五〇年代文學「來自憤怒和仇恨」，故而所開的花朵「是白色而荒涼的」。[1]而不論大陸史家或本土學者，全憑有限的，選擇性資料或文本作評論詮釋，王鼎鈞卻是本身「參與」當時文壇，當過文藝雜誌與副刊編輯。他的自傳與回憶，筆下的「文學江湖」，如何再現與重構當時文壇風景，從另一個角度看，也是一種文學史書寫，只不過換了一種筆法而已。

二、回憶錄四部曲之「台灣段」

2009年3月爾雅出版《文學江湖》，書衣有「回憶錄四部曲之四」，說明它是一系列回憶錄的「第四段」，乃整體一部分。仔細讀過「完結篇」，不難發現此書與「前三部」各曲，筆法結構大不相同。不但本身架構完整，主題與場景也十分特別。「回憶錄」四本書排列起來，厚度不差，字數一致，顯見作者有過一番費心安排。但就各書「時空背景」來看，第四曲最是「鶴立雞群」。各書設定

1　葉石濤：《台灣文學史綱》，高雄：春暉出版社，1987年2月，頁88。

了不同「時間長度」，只有「第四部曲」時間跨度最長。論空間背景，它也是金雞獨立，因第四部涵蓋的幅員面積，比起前三部任何一部都小。固然「回憶錄」像是自傳，但第四部厚厚五百頁並非寫自己，更不寫家人、夫妻、兒女。整部書呈現的，是他所投身的「文學江湖」—— 都是文學人、文學事或文學運動。

《王鼎鈞論》2002年
（爾雅版）

　　人的一生際遇，少壯有別。不同人生階段，有不一樣的社會場景，正是四部曲時間空間「長短大小」各異的主要原因。作者將一生的遭遇「分段呈現」—— 前面三部，作者從家鄉童年(第一部)，寫到少年對日抗戰(第二部)，再來，青年遭逢國共內戰(第三部)，前半生各階段的戰亂背景，因烽火遠走他鄉，也因而踏遍萬里河山。

　　回憶錄來到「第四部」，場景大不相同。因緣際會，從這一部開始，他自大陸來到台灣。全書場景於是轉移至中國東南一角的海島上，背景從壯闊河山的大銀幕，進入島上人口擁擠的小社會。然而，實體空間雖然縮小了，精神世界可能剛好相反 —— 作者從戰亂流浪，而後成家立業，出書寫作。想不到上岸之後，從1949年來台，到1978年離台赴美，島上一停留便是三十年。

　　然而不止如此。第四部曲除了時空獨立的特殊設計，作者還別有寄託。

《山裏山外》

《左心房漩渦》

寫作回憶錄，引王鼎鈞自己的話：「我的寫法是以自己為圓心，延伸半徑，畫一圓周。」整套回憶錄便是由一個圓又一個圓，一圈圈串起來的。而第四部曲的「幅射面」尤其特別：它描繪的是一座「文壇」，學術用語叫「文學生產場域」。這個「非實體」的文壇空間，難以用一般尺寸測量，說不清它多大多小，難以具體形容其高矮瘦胖。然而，這座明顯存在的空間，卻是作者耗費數年心血，以五百頁厚書，詳細描繪的內容。換句話說，「回憶」只是手段與形式，為特定年代的「文壇」畫像，為他半生沉浮其中的「文學江湖」立傳，才是他書寫的真正目的。

三、進入瞭望哨──鼎公與副刊

一般人只知王鼎鈞曾任「徵信新聞報」人間副刊主編(1965~1967)。其實鼎公與副刊的關係發生得非常早──不只「投稿」早，是他「上岸做的第一件事」。他進入副刊工作也非常早，是剛到台灣的1950年。若非讀到他本人自述，難以相信「鼎公與副刊」關係是這般富於傳奇性。

1.向副刊叩門

　　令人難以置信，他是一到台灣便坐在基隆碼頭水泥地上寫第一篇稿子。隨身有支自來水鋼筆，裡面還有墨水，因辦理入境登記時，討了幾張十行紙，沒想到派上用場。他寫完稿子隨手化了個筆名，找到附近郵局，便在裡面用十行紙糊製了信封，「把稿子寄給台北中央日報副刊，發信地址寫的是基隆碼頭，沒錢買郵票，註明『萬不得已，拜託欠資寄送』。我把信投進去，像個小偷一樣逃出來。」(頁21)

　　過了幾天，這篇文章登出來了，他沒想到這麼快！看見那片鉛字，他才終於相信自己確實由海裡爬到岸上了。相信今後在台灣可以「煮字療飢」，不至於餓死。1950年元月某日，他有一篇文章登在軍方辦的「掃蕩報」副刊，刊名叫「瞭望哨」。他發現文章刊出時，末尾竟多了一行小字，括號裡寫的是「××兄請來編輯部一談」。幾天後他得到來台灣第一份工作，這年他二十五歲。

　　在副刊工作，瞭望到的，敘述的環境與人事，都是「文學江湖」具有代表性的一角風景。台灣六、七○年代以降，副刊一直是文壇的核心；在那個沒有網路，影像傳播還不發達的年代，副刊是文學作品最迅速的傳播管道，也是最強有力的載體。物質匱乏的五○年代，副刊的面貌又是如何呢？鼎公書上說：

> 那時各報副刊的「桌面」很小，端出來的「主
> 菜」，一種是西洋幽默小品，一種是中國歷史掌
> 故。(頁43)

書中還提到，當時有人表示不滿，稱翻譯為「抄外國
書」，稱歷史掌故為「抄中國書」(頁25)。可知早期台灣副
刊內容龐雜，是綜合性的，不像後來的副刊那麼樣「純文
學」。有意思的是，鼎公那位筆名「蕭鐵」的上司，早年
編過文學雜誌，是有經驗也有見地的主編。

> 蕭主編說，「這不是文學。」他認為大報一定要有
> 文學副刊，文學副刊要反映當時人的意念心靈，一
> 道一道菜都是熱炒，不上滷味和罐頭，即使有少數
> 文章水準差一點，也算是對文學人才的培養。(頁43)

從這裡得到的資訊是，當時副刊各行其是，各有各的
風格，不可一概而論。我們知道林海
音是1953年坐上「聯合報」副刊編輯
台，根據她的文章，也是把綜合性副
刊漸漸轉變為純文學性版面。

《文路》(A版)

2.副刊稿荒的緣由

由於在報社工作，鼎公因而認識
「新生報」副刊主編馮放民(筆名鳳兮)，

「民族報」副刊主編孫陵，有機緣聽
到他們的談話。根據他的敘述，當時
各副刊鬧稿荒，各家都嚴重缺稿。他
自己在「掃蕩報」的經驗是：

《文路》(B版)

> 進了掃蕩報，才知道副刊嚴重
> 缺稿，郵差每天送來幾封信，
> 徒勞你望穿秋水；發稿計算字
> 數，常常需要我臨時趕寫一千字或五百字湊足，我
> 總能在排字房等待中完成，同事們大為驚奇，我開
> 始受到他們的注意。(頁43)

　　早年副刊缺稿至此，這一幕在七〇年代編輯腦海裡是
難以想像的。二十年後的台灣文學天地，副刊的稿子只有
退不完。尤其兩大報副刊，每天稿件如雪片一般，大包大
綑湧入編輯台，日進數百封並不稀奇。高信疆主編人間副
刊的時代，好稿子登不完，還出現「長期壓稿」現象。作
家一篇稿子投出去，有時要等半年之後才能「見報」，作
家們私下抱怨連連，卻是無可奈何。

　　做為文學現象的研究者或旁觀者，我們最想探究的
是：何以五〇年代文壇稿荒嚴重？與經濟生活、社會氛
圍，或語言政策有沒有關係？是文人忙於生計無暇寫稿？
還是報社稿費太低？以上猜測全部錯誤。且聽鼎公提供的
正確答案：

> 那時各副刊都鬧稿荒，那些有名的作家，從大陸逃
> 到台灣，驚魂未定，惟恐中共馬上解放台灣，清算
> 鬥爭，多寫一篇文章就多一個罪狀，竭力避免曝
> 光。(頁44)

原來如此。按今日各版文學史書的描述，彷彿1950年
代國民黨從大陸帶來的文人，在文藝政策下大多勵精圖
治，磨刀霍霍。此時國民黨中央設有高額獎金的「中華文
藝獎金委員會」，簡稱文獎會，鼓勵提倡反共文學。彭瑞
金的文學史在形容此一獎項政策時，如此敘述：

> 鉅額獎金對許多人而言，可能是一筆補貼，統治當
> 局則以之視爲籠絡文學的手段。……以鈔票管理作
> 家、管制文學，爲虛幻的「反共抗俄文學」湊熱鬧
> ……[2]

3.副刊與反共文學

　　兩岸文學史書通稱國民黨來台最初十年，爲「反共懷
鄉」或標榜戰鬥的「反共文學」時期，一般讀者想當然耳
認爲報章主編聽命於黨中央領導，在政府推動下，反共文
學從而成爲「政府宣傳工具」。鼎公冷眼旁觀，從副刊主
編的對話言談，澄清後人錯誤推論。從「孫大砲」孫陵接

2　彭瑞金：《台灣新文學運動40年》，高雄：春暉出版社，1997年8月，頁78。

編台北「民族報」副刊說起：

> 「孫大砲」出語驚人，他以痛快淋漓的口吻痛斥當
> 時的文風，共軍咄咄逼近，台灣已成前線，作家委
> 靡(靡)不振，副刊只知消閒。那時女作家的情感小
> 品一枝獨秀，抒寫一門之內的身邊瑣事，小喜小
> 悲，……孫指責她們的作品脫離現實，比擬爲歌曲
> 中的靡靡之音。(頁132)

　　無獨有偶，馮放民同時間接編「新生報」副刊，也提
倡「戰鬥性第一，趣味性第二」。按孫陵爲東北作家，寫
過長篇小說《大風雪》。馮爲方塊作家，出版有《雞鳴
集》等。

> 當時副刊注重趣味，鳳兮強調戰鬥，如果魚熊不能
> 兼得，爲了戰鬥寧可犧牲趣味。許多「外省流亡作
> 家」對他的說法翕然同意，存亡是火燒眉毛，「趣
> 味」又算什麼！(頁132)

　　鳳兮的主張，就時間點而言，比蔣介石1955年前後的
「戰鬥文學」號召，早了好幾年。鼎公更指出，多年後與
鳳兮談起此事，「他說他跟孫陵並沒有事先商量過，他們
各行其是，不謀而合。」更重要訊息是鳳兮下面這段話：

> 「新生報」由省政府經營，「民族報」由報人自己
> 經營，中央若要發動甚麼，怎會他們出頭叫喊，黨
> 營的媒體反而沉默觀望？

　　馮主編說得有理，也提出有力論據。由於相關論述文
章每談及「反共」「戰鬥」文學的風行，總以當年「新生
報」、「民族報」副刊的鼓吹為例，讀者很少深究，其實
他們並非黨報。而鳳兮於艱困環境接編副刊，自有一套選
稿邀稿邏輯。當時副刊稿源枯竭沒有生氣，他看準大陸流
亡來台作家都有強烈的動機寫作，可以使副刊活起來。他
知道什麼是「心的傷害」，什麼是「骨鯁在喉」，所以他
認為：

> 那些由國共內戰的砲火下逃出來的作家，並不需要
> 高壓逼迫才勉強表現他們的親身經驗。(頁133)

　　此一說法重新解釋五〇年代反共文學大量產生的緣
由，也闡明副刊與反共文學的關係。「早期反共文學的質
量都不高，給人的感覺卻是聲勢浩大，可以說是副刊的功
勞。」(頁136) 當時副刊「推動反共文學」採取的方式，鼎
公創一新詞，叫做「集體暗示法」：

> 副刊文章本以短小為宜，現在打破慣例，整個版面
> 刊登一篇長文，搶眼注目，然後一連幾天刊出文學

> 評論或讀後感來稱讚它，類似
> 和聲回音。這樣做，預期給讀
> 者大眾這樣的感覺：排場聲勢
> 如此，作品豈能等閒？(頁136)

《雞鳴集》

　　文學研究者談到副刊與文學風潮
的關係，論證的對象常常集中於七、
八〇年代，很少處理五〇年代副刊媒
體的功能。把反共文學生產僅僅與政府文藝政策掛鉤，是
過於簡化「文學生產動能」與背後權力關係的思維。按鼎
公的「導覽」，副刊於「文學江湖」之地位，早在1949這
一年便已確立。除了上述馮、孫兩位主編，還有耿修業主
編中央日報副刊，徐蔚忱接中華日報副刊，「大將就位，
副刊左右文學發展的態勢形成。」五〇年代各副刊內容風
格逐漸蛻變，鼎公為我們描繪的文壇風景是：「出現女作
家的綿綿情思和反共文學的金鼓殺伐，彼此輪唱。」那些
年，這些副刊不但養活他，也補助了他一家。

四、論「文協」與掌門人張道藩

　　1950年5月「中國文藝協會」在台北中山堂召開成立
大會。至2010年5月，正好成立60周年。比起戰後其他文
藝團體，「文協」是存在歷史最悠久，有過一頁輝煌歷史
的半官方作家組織。雖然眼下很多文科學生根本不知「文

《文協十年》

協依然健在」。倒是這個最早由國民黨中央支持與發起，張道藩奉命創立並領導的文藝機構，究竟在五〇年代文壇影響力有多大，在當時文人作家心目中佔據何等地位？鼎公的「現場目擊」提供我們第一手資料，修正了一些靠二手資訊傳播的誤導。

　　鼎公說了一則「文協」剛成立時的文壇小故事。

　　文協成立大會召開之前，事先發函邀請文壇作家，包括梁實秋、錢歌川兩位教授。但兩人沒有回音。

　　那時小說家王平陵協助籌備會務，仗著主持人張道藩是兩人朋友，就替他們在簽到簿上簽名，以增加大會光彩。而採訪記者根據簽到簿寫新聞，把梁實秋等人的大名放在前面。第二天，兩位大教授看到報紙，馬上寫信給報館鄭重聲明：「本人並非文協會員，從未參加該會。」報館「來函照登」，此事隔日成文藝界笑談，作家們玩笑說「文協」開張沒查黃曆。(頁44)

　　此則軼聞，畫龍點睛，可當「文壇一景」欣賞，是文藝現象一則很好的抽樣：以小見大，用以觀察那十年間，政府動員作家，或組織文化機構，在作家心目中的影響力。以後「文協」還有幾次大型文藝運動，鼎公皆作了細膩觀察，包括發生於五〇年代中期，最著名的「文化清潔運動」。

1.「文化清潔運動」失敗說

回憶錄閱讀到後半部，看到身兼「文協」會員，文協小說組高材生，算是張道藩「愛將」的王鼎鈞，論及標榜「除三害」的「文化清潔運動」時，竟用了「惡名昭彰」的形容詞，令人大吃一驚。

先簡略介紹這個運動的內容與背景。1954年7月26日，文協核心會員經討論之後，以「某文化人士」名義對社會發表談話，公諸報端說：「一項文化消毒運動，正在醞釀展開中；教育、新聞、文藝、青年、婦女等團體一面為響應總統號召，一面痛感當前文化事業的畸形發展，擬即展開文化清潔運動，籲請各界一致奮起，共同撲滅文化三害：『赤色的毒』『黃色的害』『黑色的罪』。」這份宣言由台北市中央及新生兩報刊出，是為「文化清潔運動」的開端。

1954年8月9日，各報發表了「自由中國各界為推行文化清潔運動厲行除三害宣言」，共五百餘人、一百五十五個社團共同發起。同年8月中旬，四十餘個社團共同發起「文化清潔運動促進會」，以表示對文化清潔運動的熱烈響應。

如此熱熱鬧鬧，風起雲湧的文壇風景，從鼎公的眼睛看去，卻另有一番體會與反感。

　　某天早晨，我打開「中央日報」，赫然有中國文藝

> 協會的宣言，說是文化界有「赤色的毒、黃色的
> 害、黑色的罪」，必須掃除。宣言由全體會員署
> 名，我也在內，事實上文協總幹事照名冊抄錄，沒
> 有通知我們。(頁273)

作者當時的想法是：就算號稱極權的中共辦這等事，
也要開個大會舉手表決，有個形式，走個過場，「想不到
文協看得透、做得出，乾脆都省了。」接著他寫出心中的
不滿與警惕：

> 我當時想，以後也許還有個什麼樣的運動，我也不
> 知不覺成了發起人，心中立時發生反感，怪不得當
> 年梁實秋、錢歌川拒絕參加文協！雖然我也認為黃
> 色有害，卻始終未寫一字，未發一言。(頁273)

作者事後知道，此事由國民黨中央黨部幕後主動。所
謂「黑色的罪」，指的是某些文化人辦內幕雜誌以揭發陰
私勒索錢財。他對「除三害」運動的批評是：

> 其時「赤色」全被警備司令部壓制，「黑色」代表
> 性很小，主要目標是對付黃色，文協作業時並稱三
> 害，借重歷史人物的光環引人注目。(頁273)

過去我們對這個運動的認識、來龍去脈，大多參考的

是「官方資料」，例如文協自行編印的《文協十年》，或根據郭衣洞主編的兩本《中國文藝年鑑》。[3]事實上，此書資料同樣取自文協。至於此一運動的「迴響」如何、功過怎樣，則不甚了了。根據鼎公的回憶，原來此運動一出門，「輿論界齊聲反對」！連黨營事業的中廣公司，節目部主任邱楠也公開說，「除三害運動沒有法律根據，報刊可以向法院提出控訴。」作者最後加了一句批語，堪稱神來之筆，他說：「蔣介石到底不是毛澤東，輿論一片叫停，演出頓失精采。」

2.為掌門人張道藩畫像

　　從文協小說組，到中廣公司的工作崗位，原來王鼎鈞與「文藝界大檔頭」張道藩的關係非常密切。因此他費神描繪「張道公」，透過一支生花妙筆，把一個原先面貌模糊的文藝大官，畫得色澤分明，筆端充滿理解與同情，也讓後輩認清這位有點雲深不知處，高處不勝寒的中廣董事長，也是立法院長、文藝界大家長的張道藩。

　　鼎公春秋之筆，令人大開眼界之一，是文化清潔運動失敗，對張道藩的影響。文協掃黃，等於向社會新聞的正當性挑戰，引起報界反彈。令人吃驚是道公自此失勢，在國民黨的地位日益低落。「經此一役，黨中央看清張道藩對社會實在沒有什麼影響力，文協不堪大用。」自此以

3　郭衣洞主編：《中國文藝年鑑一九六六》，文藝年鑑編輯委員會執行，台北：平原出版社，1966。

後「道公專心做他的立法院長，對文化工作再也沒有聲音」。

我們以為張道藩位高而權重，其實不然。鼎公的描繪教我們從小地方認識他。例如他是「文獎會」主任委員，且看他如何與作家互動。

> 那時候誰瞧得起作家？也許只有張道公吧！向來黨政要人口中的「作家」是一個黑壓壓的畫面，是一個統計數字，張道公心中的「作家」卻是一個一個活人，他花許多時間閱讀報紙雜誌刊登的文藝作品，了解每個作家的專長和造詣。他到陋巷中訪問鍾雷，兩人在陋室之中一同朗誦鍾雷的新作，一時傳為美談。(頁175)

鼎公形容道公之於作家：可謂「盡心焉耳矣」。張主持文獎會時，並不干預評審工作，但是常有人把落選的稿子再寄回文獎會，寫信向他抗議，他一定親自閱讀退稿，親自回信，他支持評審，但是安慰勉勵落選的作者。

關於文藝工作，「張道藩自恨作得太少」，從他的角色位置來看，這句話充滿無力感，多少顯得淒涼。張道藩也堅持「政府以誠待人，以心換心」，然而得不到多少支持。作者覺得：「兩位蔣總統對張道藩的工作並不滿意，道公撒的種子，至今也沒幾個人記得。」這一感慨，促成王鼎鈞寫出一幅「道公畫像」。其中一句話，總結文人與

政府的互動關係，尤其經典：

> 台灣在五十年代號稱恐怖時期，政府對文藝作家百
> 般猜疑，而作家多半以對現實政治離心爲高，二者
> 互爲因果。

　　也難怪文協的效果不彰，反共文學很快沒落。鼎公
說：「中華文獎會那一點子功業，無論是正面效用或負面
影響，都被後來的論述者過分誇大了。」

五、細數風流人物

　　江湖多奇人異士。

　　鼎公此書出現幾位特立獨行的知名作家，他們幽默詼
諧，言人所未言；且各自栩栩如生，精采無比。認識這些
人物，「聽其言觀其行」，正是這本書另一迷人之處。後
輩研究者，生年也晚，單讀到他們留下的文學作品。然而
「讀其書而不知其人」，難免是一大遺憾，鼎公細寫身邊
文壇人物，爲我們彌補了這個缺憾。

　　況且鼎公寫劇本寫方塊之餘，本身是資深評論家——
文協十周年頒第一屆文藝獎章，他是「文學評論類」得
主。且看他如何速寫兩位鼎鼎大名的現代詩人，顯出筆底
內力深厚。他論紀弦的詩與詩論：「對我而言，他的詩論
駁雜浮泛，他主張追求詩的純粹性，要求每一行詩，甚至

每一個字都必須是純粹"詩的"而非"散文的"，他自己
未能充分示範。」以下兩句尤其傳神：

> 他在文藝集會中跳到桌子上朗誦自己的新作，文壇
> 驚爲佳話，他有一些名句我們是笑著讀的。

> 他的確是春天第一隻燕子，只是許多人還聽不慣他
> 的鳴聲。(頁250)

鼎公論詩人余光中，短短幾句便精準命中要害：

> 余光中長於啓蒙，他能把詩論用優美的散文表達出
> 來，流暢顯豁，情趣盎然，有人說他像羅素。由他
> 掛帥的現代詩論戰，議論縱橫，大破大立，從中國
> 古典文學引來內力，化入西洋的外家功夫，試圖建
> 立現代詩的正統地位。(頁253)

　　全書人物不少，只能挑幾位名家做爲抽樣。有些作
家，我們熟悉其言行笑貌，閱讀這些論評，一邊從中領略
其論證的精到，一邊也漸漸清晰他們走在文壇的足跡與身
影。有些作家，雖認識作品，然而讀完鼎公的作家描寫之
後，恍然大悟，豁然而開朗，重新刮目相看。典型的例子
是讀到鼎公描寫姜貴，《旋風》的作者。
　　如果後生小子或年輕學者，完全從「反共小說」的角

度，甚至國民黨追隨者的方向來認識他，絕對無法理解他
在一九六九年這些言行。鼎公說：

> 有一天，我倆從蔣介石的銅像旁邊經過，他說：
> 「在我們有生之年，這些玩藝兒都會變成廢銅爛
> 鐵，論斤出售。」……
>
> 我和他常常一同看電影，有一次，散場以後，夜闌
> 人靜，他說：「在我們有生之年，可以看見舞台演
> 宋美齡如演慈禧太后，演蔣介石如演張宗昌。」
>
> 有一天他鄭重告訴我：「有一天，台灣話是國語，
> 教你的孩子好好的學台灣話。」他對我的做事和作
> 文從無一句指教，這是他對我惟一的一句忠告。(頁
> 374)

　　第一次讀到這裡，拚命把掉到
地上的眼鏡撿起來，不敢相信說這
些話的人會是姜貴；說話的時空，
會是六○年代末，蔣介石仍然如日
中天統治著台灣的年代。而親耳聽
著這些話的作家王鼎鈞，還是不時
被特務騷擾的文人。這位善於「預
測命運」，能「鐵口直斷」的小說

姜貴小說《旋風》(九歌版)

《長短調》（大林版）

《短篇小說透視》（大江版）

家，不，預言家，令人不禁懷疑他的反共小說：《旋風》《重陽》等等，是發自內心的創作，還是純屬虛構，但求賺得名聲與稿費？《旋風》裡預測共產黨將很快從中國消亡，是預測錯誤還是另有所指？讀了鼎公的轉述，我們重新認識姜貴其人，也將重新詮釋他的小說。

以速寫姜貴為例，正好說明鼎公這部《文學江湖》的另類功能。它不僅是一部以個人為中心的回憶錄，它也為我們重新描繪、修訂了一張新版的「台灣文學生態」大幅掛圖。這圖既可以用來解說、探測文學歷史的深度與廣度，讓我們看到文壇山水的歷史縱深，也描繪了文學江湖的風雲變幻。對岸的，以及葉石濤、彭瑞金、陳芳明等各版「台灣文學史」出版以來，由於各有偏重，特別是五○年代一節，史家的各說各話，遂令讀者及學生不免無所適從的今天，感謝鼎公提供一部文字優美、內容豐富的文學史補充教材。

第六章

「陳之藩散文」做爲「戰後台灣散文史」一個章節

一、嘗試第三種文學史敘述類型

　　「文學史著」的懷胎與生產，比一般人想像的還要複雜。「文學歷史」雖存在於過去時空，但「史著」卻是由眼下「現代人」來撰寫。也因此，不同地方不同人士，懷著不同意識觀點「敘述歷史」的時候，即使面對同一時期或相同作品，可能做出全然相反的詮釋。海峽兩岸學者「各自表述」的「台灣文學史書寫」，便是其中明顯的例子。一旦「文學」存在即有「文學歷史」。文學歷史固源遠而流長，但「文學史」的生成與書寫，走向一門有理論有類型的學科，卻是晚近的事。第一本《中國文學史》還是由外國人撰寫的。而第一本由中國人撰寫的中國文學史，則是1904年由林傳甲在晚清「京師大學堂」編寫的授課講義。[1]

1　陳國球：〈「錯體」文學史──林傳甲的「京師大學堂國文講義」〉，《文學史書寫型態與文化政治》，北京大學出版社，2004年，頁45-66。

　　學堂原是清末中國被迫「接受西學」而設，說明「中國文學史」誕生不但與「西風東漸」有關，還是「文學」在學府裡「立科」的開始。[2]

　　更切身的例子：最早一本「台灣文學史」也不是台灣人自己寫的。葉石濤完成《台灣文學史綱》[3]之前，大陸早已出產了好幾種版本，儘管當時兩岸互不往來，大陸在資料極度匱乏之下，不免錯漏百出。香港情形與台灣類似，九七回歸前後，中國學者一口氣推出好幾種「香港文學史」，至今由香港人自己撰寫的文學史尚未面世。動機各異的「文學史書寫」既不能免其高度政治性，以此為基礎，有利於下面兩種常見「文學史書寫」類型的討論。

　　類型之一，強調「藝術至上」的文學史書寫類型。

　　此一類型標舉的史觀：「文學史應以文學為本位」，文學史敘事不能受制於社會變遷，文學作品或文學史不應該是社會經濟或政治史的註腳。此類型敘事表面上看，強調文學主體性，認定「藝術性高的作品才能寫進文學史」，提倡文學發展有其「內部動力」，能推動自身美學形式的變遷與發展。只是理論雖堂皇，實踐起來卻難以達到理想。

　　「文學史敘事」與作品背後「社會環境」脫鉤，寫出

2　陳國球：〈文學立科——「京師大學堂章程」與「文學」〉，《文學史書寫型態與文化政治》，北京大學出版社，2004年。

3　葉石濤：《台灣文學史綱》，高雄：春暉出版社，1987年。

來的「文學史」，上焉者，或是一篇接一篇的文學批評與
流派研究，做為史著的「歷史性」全然消失，更別說藝術
品味因人而異，各有偏差名單。換句話說，「文學史」與
「文學批評」有其本質上的差異，正如韋勒克所說：「文
學作品的價值不能通過歷史的分析來把握，而只能是通過
審美判斷來把握。」

　　類型之二，強調「文學乃社會產物」的文學史書寫類
型。

　　有別於前者，此一史觀類型認為文學史是「文化史」
的一部分。文學作品的內涵主題，與土地上人們的政治、
經濟、思想、生活脫離不了關係。例如葉石濤的文學史有
這樣的敘述：「台灣新文學一向和台灣的反日民族解放運
動聯結，以反抗日本殖民地的統治為目的。」[4]

　　就因為「文學」是這個民族生活的一部分，把特定時
段豐富多彩生活面紀錄下來的，便是「文學」，也是文學
史重要意義之所在。如此一來，研究文學不能不認識其背
後的歷史與文化。此一類型的文學史敘事，在詮釋作品時
必先弄清其社會背景，也因此文學作品不能不成為社會集
體意識型態的背景說明或註腳。此一類型固有其理論根
據，實踐起來困難重重。由於材料龐大難以掌握，不是突
出文學史作者個別鮮明的意識型態色彩，文學主體性偏
低，便是各段章節「社會背景」與「文學作品」皆分別敘

4　同上註，頁170。

述，一部文學史變成分段敘述社會背景，接著是作品點名簿，兩者之間各自獨立，看不出有何關係。

第三種類型，加入「接受理論」的概念。把作品、作者、讀者三者的因素聯合在一起觀察。

文學史不只是作者的歷史，同時是讀者的歷史：一部文學作品應加入讀者的因素，才算眞正完成。此一理念試圖涵蓋文學、文學性以及背後的社會因素，後者即以作品的讀者及市場爲代表。討論讀者大眾便需討論作品的市場，關注文學作品的生產與消費。延伸所及，必須討論一個時期的文學生態、文學場域，政治經濟因素皆在其中，包括文學作品的市場性與政治性。此一文學史敘述的優點，可解決上述「社會背景」與「文學作品」各自獨立、互相脫鉤的問題。以下試以第三類型文學史書寫理念爲基礎，將「陳之藩散文」做爲討論對象，看「文學史即文學接受史」的理論觀念本地是否適用，以釐清陳氏散文在台灣文學史的位置。

二、　「陳之藩散文」內緣與外緣

「陳之藩散文」加上引號，代表著「總稱」的意思。

陳之藩的散文集當然不只一部，每部也不只一種版本。

與早期文壇作家一樣，完成單篇作品，先寄到報紙或雜誌上發表，等累積到一定數量則結集出書。陳之藩出版

歷程也不例外。比較特別的是，陳之藩各版文集因暢銷而盜印猖獗，爲杜絕後患，作者不得不介入原不必作家操心的整編與出版事務。於是巧合地，「陳之藩散文」的總稱，無須外人置喙，剛好由作者爲自己「定名」。

(一)「旅美小簡系列」發表與出版

第一部文集《旅美小簡》開始發表的1955年，既標誌「陳之藩散文」的起步，也做爲本文討論讀書市場的起點。

「旅美小簡」既是書名，也是《自由中國》半月刊發表的專欄名稱。這份橫跨一九五○年代，維持了十年，於台灣知識社群大有影響力的雜誌，由雷震創辦，小說家聶華苓擔任文藝欄主編。諷刺的是，這份叫「自由中國」的刊物，因推動民主觀念被國民黨查禁，本身就是具體實例，證明國民黨管轄的「自由中國」言論半點也不自由。

「旅美小簡」系列散文首篇〈月是故鄉明〉刊於1955年3月1日，除了極少數，幾乎一期接著一期連續刊載，直到1957年2月，由台北「明華書局」集印出版。此爲陳之藩生平第一本文學書，出書時三十二歲，人在美國留學。

第二本散文集《在春風裡》形式

《旅美小簡》（文星版）

《在春風裡》（文星版）

內容皆延續前書，差別只是「小簡」寫作地點在美國「費城」，此書在「曼城」，寫作時間從1957年秋到1962年春。此書另一特色是寫至一半，遭逢作者敬愛的胡適先生去世，此書後半部於是收入九篇紀念胡適的文章。同樣是書信體，篇名且直接冠以「第一信，第二信……」，到第八篇「在春風裡」，即以此篇做為書名，書名及內容都表達著對胡適的敬仰與懷念，由台北「文星書店」初版。此書完成期間，《自由中國》雜誌於1960年9月因雷震被捕停刊，原掛名此刊發行人的胡適於1962年2月去世。

　　1962年9月「文星」初版《在春風裡》，同時再版了《旅美小簡》，以風格一致的封面設計，讓兩書像雙胞胎般同時面世。雙書比單書，於讀者市場自然更有吸引力與號召力。值得一提的，「文星書店」此時不單只經營出版社，旗下《文星》雜誌正從穩定而進入巔峰期。特別是1961年秋到1963年底，被稱作「文化頑童」的李敖，以及徐復觀、胡秋原、居浩然、余光中等人正在《文星》雜誌上展開一場「中西文化論戰」，而中西文化參照對比原是「陳之藩散文」的主題之一，只不過出之以感性的、柔軟的散文形式而已。

　　到了第三本散文集《劍河倒影》，書名已顯示，作者這次從美國到了英國。「劍河倒影系列」第一篇刊登在台

北中央日報副刊，時間是1967年10月9日，距離上一本書最後文章，整整五年半的時間。

《在春風裡》（大林版）

《劍河倒影》第一版成書，於作者言，是一椿不愉快的「強迫出書」經驗，[5]於今天的眼光回顧，一則看到1969年台灣落後的出版生態，二則顯現陳之藩確實站在暢銷作家的位置。依據作者書序，這系列文章才寫了十篇左右，他人在劍橋方休筆，台北一家「仙人掌出版社」未經同意，將作者早期文章合為一冊，於1969年10月以《劍河倒影》書名上市出版，還在報上大登廣告，一年內銷出三版。

《旅美小簡》（大林版）

為杜絕市面猖獗的盜印風，陳之藩只好「又繼續寫了三篇，表示倒影尚未寫完，該集顯係盜印」。一面將完稿「劍河倒影」交給「遠東圖書公司」印行之外，1973年更將過去不同時段印行的單行本散文集，三冊合而為一厚冊，改名《陳之藩散文集》也由遠東重新出版。

歸納起來看，將三冊散文：《旅美小簡》《在春風

---

5 序裡的原文是：「不經同意替我出書，倒在其次；使人看來很不舒服的，是還寫了一段很輕浮的廣告，書裡面又是數不清的錯字別字，使我對那種無法無天的作風難過了好幾天。」見《劍河倒影》〈代序——如夢的兩年〉。

裡》以及《劍河倒影》合成一冊印行並無不妥，三書不但
題材性質相近，寫作時間心境也相同。陳之藩自己也說，
這些書寫作時間其實很集中：

> 而這幾十篇文字，寫作的時間，卻是集中在兩三個
> 月裡。……所以他們有一個共同的地方，那就是在
> 寂寞的環境裡，寂寞的寫成的。[6]

《陳之藩散文集》（遠東版）

　　值得注意的是這整個過程的時
間——從1955年發表第一篇散文開
始，中間三書分別在三家或四家不
同出版社出版，等到收攏成一冊，
叫做「陳之藩散文集」的時候，整
整經歷了二十年。雖然這之後的陳
氏散文市場上依然暢銷，之後陳之
藩也出版了少量一些文章，但如果
需要為「陳之藩散文集」這個總稱
找一個最適合討論的時空背景，那麼1955年到1975年，這
二十年間的台灣讀書市場、文學生態，正好與其散文風格
的形成與完成，可以密切搭配起來。

(二)修辭與結構

6　陳之藩：〈序〉，《陳之藩散文集》，台北：遠東圖書公司，1974年；以下引文頁碼以
　　此版本為準。

　　從讀書市場的角度看，散文做為一種文類形式，從上世紀五〇與六〇年代起，便一直是台灣書市寵兒。雖然國家機器強力運作的戒嚴初期，對此一文類並不熱衷更不鼓勵。五〇年代國民黨政府主辦「中華文藝獎金委員會」徵文獎項，歷年設有新詩、小說、劇本，甚至歌詞、漫畫、版畫等五花八門，卻獨獨不徵「散文」獎項可略知一二。相對於此，市場上散文集銷路卻高居榜首，歷久不衰，尤其這時期文壇出現一群大陸來台女性作家如艾雯、張秀亞、鍾梅音、琦君等，在散文創作上表現亮眼，大受書市歡迎。散文集如此叫好且叫座，除了題材形式好掌握，與報禁時代副刊大量需求散文不無關係。

　　陳之藩散文正是出現在讀書市場接納性良好的五〇年代中期。與他同一舞台亮相，即同一時段也在「自由中國」雜誌寫稿的作者，如張秀亞、余光中、畾華苓、林海音、梁實秋、吳魯芹等，無不熟練於散文形式，長於白話文創作。然而於眾多散文作家中，陳之藩散文於修辭及藝術手法上，仍有其獨到之處。

　　評者早已經指出，陳氏散文時常在開頭或結尾引用古典詩詞，研究者也注意到，除了詩詞，他還愛用對話或名人語句做為文章的起始與收結。[7]這些同時說明著他於散文結構上的講究。

　　他也擅長疊句的修辭技巧，尤其用於寫景、狀物。不

7　陳敏婷：《陳之藩散文藝術特色研究》，香港大學中文學院碩士論文，2009年。

論以一連串同字數的長句，修飾形容同一景色物件，或疊句當形容詞，以加強語氣、效果，都能渲染氣氛，使得散文敘述更加嫵媚多姿。例如形容他眼前所見賓大校園的古色古香，便用了一連串五字的疊句形容詞：「廣闊的院落，崢嶸的樓頂，石板(版)的甬路。」[8]

同一個意思，同一種情懷，但他能指揮文字的音符，使之如交響樂般凝聚成一股澎湃的感情，以下這段，引自「惆悵的夕陽」：

> 日漸式微的，是我們自己的文藻；日趨衰竭的，是我們自己的歌聲；日就零落的，是我們自己濟世救人的仁術。我們欲挽狂瀾於既倒，憤末世而悲歌，都是理有固然的事。(頁82)

寫胡適的〈在春風裡〉結尾一段，也是以疊句的敘述，更仿徐志摩筆意，讓懷念文章更添三分詩意，濃濃感性瀰漫字裡行間：

> 並不是我偏愛他，沒有人不愛春風的。……因為有春風，才有綠楊的搖曳。有春風，才有燕子的迴翔。有春風，大地才有詩。有春風，人生才有夢。春風就這樣輕輕的來，又輕輕的去了。[9]

8　陳之藩：〈智慧的火花〉，《旅美小簡》，頁23。
9　陳之藩：〈在春風裡——紀念適之先生之八〉，《在春風裡》，1962年3月9日寫於曼城。

這類散置於各篇章，在在處處看得見的修辭技巧，同是散文家也是翻譯家，住在香港的思果，曾總結其散文風格為「雅潔上品」「氣味醇正」，評語尤深入而具體：

> 我看得出他在遣詞造句上用了功夫，平仄的協調尤其注意。這種文章讀起來，像吃爽口的菜，喝有味的湯。他的句子，長短正好，用的字總很得當。這和他小時讀了舊詩文大有關係。[10]

(三)題材與內容

「去國十八年」(遠東版序語)三段落的文集合成一部《陳之藩散文集》很好的理由，是三書風格的一致性：環境、心境皆有相同之處。連每部文集寫作時間，同樣集中「在兩三個月裡」完成。合集的序上，作者寫道：

> 《旅美小簡》是在剛到美國費城時寫的；《在春風裡》是在剛到曼城時寫的；《劍河倒影》是在剛到英國劍橋時寫的。《在春風裡》中的九篇紀念胡適之先生的文字，是在胡先生剛逝世後寫的。

---

10 思果：〈「一星如月」讀多時〉，《文訊》(雙月刊)第18期，1985年6月，頁156-160。

《在春風裡》(遠東版)

《在春風裡》(遠東B版)

　　雖說風格一致，都是飄零於海外的文章。但寫作時間既不相同，作者身分也跟著改變。例如寫第一部《旅美小簡》時剛到美國，環境還陌生，住處尚簡陋，猶是打工的學生身分，思鄉情緒濃厚。到了《在春風裡》，身分從學生轉為老師，所思所寫更海闊天空，〈科學與詩〉〈方舟與魚〉，開始討論科學與文學如何互通，理性與感性怎樣攜手。第三部《劍河倒影》從美國到了英倫，這次已是訪問學者身分，沒有教學負擔，鎮日與劍橋各方學者「喝酒聊天」，天南地北天馬行空，除了西方學術傳統的描述，也思考更多東西文化差異。

　　換句話說，在寧靜安定的異國校園裡，一篇篇寄回台灣發表的散文，雖不外寫情、寫景、寫思慮心得，從學生、教授到訪問學者，三個階段三種身分其實各有側重，可粗略歸納成思鄉情懷、異國校園與東西文化比較三大類。從接受者的角度，也可以這樣問：上世紀五、六〇年代，廣大台灣讀者接收到陳之藩提供自海外的哪些訊息，得到什麼樣的異國想像？

1.寂寞異鄉・家國情懷

離家思鄉心緒，於第一部《旅美小簡》最為濃厚。首篇人才在飛美班機上，「飛離祖國越遠，思潮越起伏」的時候，題目以及結論，已忙著表示：「月是故鄉明！」讀者當然明白，「故鄉月亮」雖明，「美國月亮」還是比較圓，否則怎能千里迢迢跑去吃苦，孤獨忍受思鄉的折磨。

《旅美小簡》(遠東版)

異鄉是寂寞的，作者也說一整部散文集是「寂寞環境裡寂寞寫成的」。

離家故而飄零，失鄉所以寂寞。

「寂寞」在陳之藩散文裡一點也不抽象，他用眼前的景物，身邊相伴的人物，用鮮明的譬喻，邀讀者共同感受異鄉的寂寞。

失鄉者是什麼感覺？他說：「我感覺自己像一片落葉似的在這個時代飄零。」

「異鄉人」也長著一雙不一樣的眼睛。他不僅看到中國人的寂寞，也看到：「美國人幾乎全是在臉上浮著寂寞的微笑，向你打著親切的招呼。」[11]

他肉眼看到的美國街道，明明「交織著一片噪音與速

---

11 陳之藩：〈出國與出家〉，《旅美小簡》，頁11。

率的畫幅」，然而用他特殊第三隻眼透視之後，便指出其
「靈魂深處，卻是一片寂寞與空虛」。[12]

　　讀者也弄不清，到底是觀看的人還是被觀看的對象，
更顯出靈魂的寂寞與空虛？

　　其次，在同屋房東太太身上，他看到美國老人的寂
寞。跟其他老年人一樣：

　　　　在每一年盼望著有一天兒子的聖誕卡片可以和雪花
　　　　一起飛到房裡來。一年只這麼一次。而有時萬片鵝
　　　　毛似的雪花，卻竟連一個硬些的卡片也沒有。[13]

　　作者從房東太太「每條蒼老的笑紋裡看出人類整個的
歷史，地球上整個的故事來」──而這個故事的答案是：
無邊的寂寞。

　　他到曼城任教第一天，進入學校校長室報到。如此描
述人物的初次印象：

　　　　我面前是一個紅紅的面龐，掛著寂寞的微笑；是一
　　　　襲黑黑的衫影，掛著寂寞的白領。[14]

　　陳氏散文擅長疊句之外，也巧於用顏色作形容與對

---

12 同上註，頁13。
13 陳之藩：〈寂寞的畫廊〉，《在春風裡》，頁4。
14 同上註。

比，如紅顏、黑衫及白領。

異鄉人何止看到景色的寂寞、人的寂寞，更深更遠的，還看到「時代的寂寞」。

離鄉人像飄零的柳絮，像失根的蘭花，「舉目有河山之異」。此外，回顧所來的家國，也有反省與批評。他痛感自己這一代青年，若非在「小室裡鑽牛角尖」，便是「行屍走肉的過日子」。思想園地有如「枯枝敗葉」般殘破：

> 在歷史上悲哀到底的時代，總還有新亭對泣的哭聲；最可怕的是死寂。我們這一代，真如死一般的寂下來了。[15]

在異鄉而用「我們這一代」，當然不是說美國，而是父祖之國。而「如死一般的寂下來了」，既適用於大陸，也適用於台灣，在兩邊都有極權政府控制著的「這一代青年」如何能不「沉寂下來」。

若要深一層解讀「陳之藩散文集」最好從他的生平與時代背景著手。河北人的他，1948年亦即二十三歲時來到台灣。不像當時文壇許多軍中作家，或是身不由己，或是長期在軍隊裡未受學校教育。陳之藩來台前獲得北洋大學電機系學士，是被派到台灣製鹼公司來當實

---

15 陳之藩：〈到什麼地方去〉，《旅美小簡》，頁30。

習工程師的。早在胡適當北大校長的時代，他就給胡適寫過信，來到台灣後，也因在國立編譯館工作受到梁實秋的賞識。

以上簡單資歷告訴我們他的理工學歷背景，也顯示他年紀輕輕便有很好的文筆，對國事關心。他是在大三時聽了胡適一段題為「眼前文化的動向」的廣播，主動寫了一封長信寄去，此後才成了忘年之交。

來到美國之後，思鄉情緒高漲的時候，想念的家鄉，大概是「童年的家鄉」而不是短暫停留的台灣罷。但他去美國飛機，卻是從台灣松山機場起飛的，口袋裡還有敬愛的胡適以及親友資助的美金。正因如此，流離異鄉的寂寞裡遂多了一層「國破」的傷痛。

那篇著名散文〈失根的蘭花〉裡，提到某宋朝畫家所畫的蘭，總是連根帶葉，飄於空中，也給了一句「國土淪亡，根着何處」的回答。對這句名言，陳之藩文中加以引申：

> 國，就是土，沒有國的人，是沒有根的草，不待風雨折磨，即形枯萎了。[16]

作者自比蘭花，寫出人在異鄉流離失根的痛苦與焦慮。值得注意的是此時的「家國之痛」於台灣文學而言，

---

16 陳之藩：〈失根的蘭花〉，《旅美小簡》，頁37。

非常具有「代表性」。如果不是他有過短時期的「台灣經驗」，從大陸來到台灣而後美國，不至於產生「國破山河亦不在」的飄零心情。如果早幾年，如果大學一畢業他直接留美，應該產生不了「國破」的感慨。

　　一般人未注意的是，作者自喻「沒有國的人」時，潛意識裡，似乎感受倉皇逃到台灣島的蔣介石政府，已經國不成國，或不再是「中華民國」。就因國已滅亡，才使他在異鄉成了「沒有根的草」。

　　失根滋味，難以筆墨形容，所以他自述：

　　　　我十幾歲，即無家可歸，並未覺其苦，十幾年後，
　　　　祖國已破，卻深覺出個中滋味了。[17]

　　「祖國已破」四字，可謂道盡1950年代在台大陸文人的流離心情。

2.校園景色‧如詩如夢

　　透過陳之藩的眼睛，美國校園常入讀者眼簾。他筆下的校園寧靜如天堂，也美得像一幅畫。用他自己的形容詞是：「像一個夢，一個安靜的夢。」

　　他受邀到費城郊區，進入一家小的大學校園，接觸的景象是：

---

17 同上註。

> 依山起伏，古樹成蔭，綠藤爬滿了一幢一幢的小
> 樓，綠草爬滿了一片一片的坡地，除了鳥語，沒有
> 聲音。[18]

很巧的，到了南方的曼城，同樣進入一家「綠色如
海」的小大學裡教書。他住在校園一幢石頭壘起的小樓，
從外面看，「像一白色的船在綠海藍天之間緩緩前行」。

短短一句話出現三種顏色形容詞。他掌握散文之筆有
如一位天才畫家的畫筆，對顏色的敏銳度高，且能準確用
在最合適的地方。且看他如何用具體形象，比喻、描繪他
所住一棟安靜、柔和而潔淨的房子：

> 我的房子很像一個花塢，因為牆紙是淺淺的花朵，
> 而窗外卻是油綠的樹葉，在白天，偶爾有陽光經葉
> 隙穿入，是金色的。在夜晚，偶爾有月光經葉隙滲
> 入，是銀色的。[19]

學校畢業典禮當天，他穿戴整齊來到校園。同樣地方
不同排場，他的五彩筆是另一種敘述方式：

> 我左右看一看，只有兩個顏色。西邊全是紅的，那
> 是夕陽；東邊全是綠的，那是校園。噴泉處處如金

---

18 陳之藩：〈失根的蘭花〉，《旅美小簡》，頁35。
19 陳之藩：〈寂寞的畫廊〉，《在春風裡》，頁2。

絲銀縷，在繡一幅紅綠各半的披錦。[20]

敏銳於顏色之外，前面提過他善用譬喻。走進另一座校園，對一般人看不出什麼特別的「草」或「草色」，譬喻之精彩，讀之若身歷其境，匱乏年代的台灣讀者更是大開眼界。

劍橋校園草地很大，綠草「細得如絲，柔得如絨」已夠讓人豔羨。陳氏筆下拉開的一幅校園畫卷，字字珠玉尤令人嘆為觀止：

> 聖約翰學院的草像一片海，而那堆樓倒像海上航行的古船；克萊爾學院的草像一片雲，而那座橋像雲堆裡浮出的新月。耶穌學院的草地像一個鋪滿了綠藻的湖面；艾德學院的草地又像一個鑑開半畝的方塘。[21]

不過是一片草地，竟有多重面貌：可以像海、像雲、像湖，或像一片如鏡的水塘。原來劍橋寬大的草地是專門給人出神、發呆用的，書呆子們可以直接踩上去，陳之藩給半個地球外的台灣讀者，掀開一角陌生的，也是全新的學府舞台。

---

20 陳之藩：〈幾度夕陽紅〉，《在春風裡》，頁8。
21 陳之藩：〈明善呢，還是察理呢？〉，《劍河倒影》，頁15。

3.東西文化比較

《劍河倒影》(仙人掌版)

《劍河倒影》寫於劍橋。即使描述日常生活起居，很自然也介紹了西方傳統菁英養成的背景與方式。這對於生活在黨國教育制度下的台灣讀者而言，陌生、新奇、充滿異國情調。這是他筆下的校園生活：「劍橋的傳統，一天三頓飯，兩次茶，大家正襟危坐穿著黑袍一塊吃。」

呈現劍橋傳統與制度的同時，穿插出現各色人物，彼此談話內容，個人讀書心得等等。這裡那裡不免出現東方與西方文化的比較與思考。例如讀完一本西方人談中國科學的書，心中生出這樣的疑問：「為什麼古老中國那麼多發明，卻沒有導出像歐洲近五百年的科學發展？」作者得到的領悟是：

中國科學在整個發展過程中主要是為了「實用」，而……歐洲近五百年的科學發展主要是為了「好奇」。

其中一篇散文題目「河邊的故事」，內文借用西方生活故事告訴東方讀者，什麼是「人道主義」。換做一般學者給這四字下定義，恐怕是枯燥的長篇大論，他卻拿文學

的筆，以一精短小故事作解說，讀者很容易領悟。

> 一個人於河中快淹死，一百個人跳入河中相救，這
> 一百個人也許會因而淹死，而仍救不上那個人來。
> 以一百比一，是件不理智的行動，我們把這種行動
> 叫做人道主義，因為救的不是那個「一」，而是救
> 的那個「人」。[22]

　　他娓娓敘述西方人道主義傳統，列舉西方人道主義實
踐者，像甘地的摩頂放踵，紡線曬鹽；托爾斯泰的棄家摒
產，史懷哲的獻身瘴疫，行醫非洲。然後直指「人道主義
的昂揚，是人類文明一大進程」。這種「進步」思想行為
模式對於東方人或東方生活文化而言可能是一劑良方：

> 由於人道主義的出現，率獸食人的社會才絕跡於人
> 間。由於人道主義的覺醒，以人祭天的犧牲才消弭
> 於人世。

　　在美國各地旅遊，除了山水勝景，他對景點裡的人
物──那些為社會做出貢獻，受人景仰的人物更有興趣。
認為這些動人故事，「賦予年輕的山水以活潑的生命。」
關於山水與人物之間，他筆鋒一轉，拿中國作比較：

---

22 陳之藩：〈河邊的故事〉，《旅美小簡》，頁87。

在我們中國，儘管在秀媚的山水上，總有自命不凡的大人物題上幾個寫的並不見佳的字，人民的口裡卻依然傳不出他們的名字，更不屑於道出他們的故事來。石頭上的刀痕，最終依然與草木同朽。[23]

這篇文章的結尾只有一行：「我們中國的山水，千年來是太寂寞了。」

他山之石可以攻錯，人在異國容易想起母國的一切；來到西方很自然拿東方作比較，比較之後多少看出雙方的優點與缺點。

三、 「陳之藩散文」與台灣讀書市場

何以陳之藩各版散文集當年在書市能那麼暢銷？不只正版的出版社大賣，連不計其數的盜印版都跟著賺錢。即使今天書的通路改變，進二手書拍賣網站，還看得到花花綠綠各種合法非法版本，價錢超低，想見當年書市風行的盛況。

「散文集」放進1955到1975這二十年的台灣社會背景一起觀察，不難找到文集風行於讀書市場幾個重要因素。做為一種文學形式，相較於「小說」與「新詩」，它是最平易近人，親切容易入手的文類。作者出身書香門第，有

---

23 陳之藩：〈山水與人物〉，《旅美小簡》, 頁63。

很好的國學根底，與其他文藝作家不同的是，作者兼有理工背景、科技專長，筆下多了思辨能力與理性思考。他的散文寫得乾淨明白，絕不用怪異扭曲的文字。這與六〇年代台灣文壇興起的「晦澀現代詩」「往內心世界挖掘的現代小說」大異其趣。

　　陳之藩散文另一特色是，承襲五四以降如徐志摩朱自清，具感染力的抒情風格。如前述引文，即使討論哲學內容、作理性分析，仍出之以感性的、抒情的文筆。引用古典詩詞，重視文氣舒緩與韻律，所謂美文，一直是戰後主流文壇歷久不衰的「抒情傳統」，女作家如艾雯、張秀亞、琦君等，散文文類長期佔領戰後文學市場，陳之藩散文即屬此一傳統。

　　長期佔領書市的女作家們雖一樣寫濃濃的鄉愁，淡淡的童年回憶，陳之藩散文風格大不相同之處，一是他那帶有思辨色彩，卻又平易質樸的書信體散文。二是他的文稿篇篇寄自遙遠的黃金國度；他也懷鄉，可他的「鄉」還包括海島台灣，敬仰的人除了胡適，還有梁實秋──兩個著名的右翼自由主義文人兼學者。

　　說是「旅美小簡」其實涵蓋面不小，「旅美」所見，東西方文化、哲學、宗教無所不包，提供給讀者一個氣氛寧靜、建築堂皇，物質上不虞匱乏，精神上自由自在的異國想像。

　　仔細閱讀陳氏散文的「懷鄉」情結，可以分出兩種來：不妨這樣問，他懷念的故鄉，是哪個「鄉」，島嶼還

是大陸？他在台灣生活的時間雖然不長，從1948到1955，
七年不到。但他終究是從「松山機場」起飛，前往美國。
經過這麼一個「台灣經驗」的轉折，同樣思鄉，他與其他
大陸文人最大不同處，是他的離散飄零，多了一層「國
破」的傷痛。隨蔣介石政府來到台灣的忠黨愛國之士、文
人作家，呼口號之不暇，寫「戰鬥文藝」之不暇，哪有
「國破」的心情？就算心有所感也不可能形之於文字。

　　「飄零流離，國破家亡」的傷痛，恐怕是所有來台大
陸人共有的心情。陳之藩懷想思念的家鄉，是大陸也好，
台灣也罷，「如一片落葉似的」，「柳絮一般的」飄零之
感，讀者必然全盤認同。失了根、離了土的蘭花意象，以
及很快將枯萎的焦慮，他們不但深刻理解也感同身受。換
句話說，在美國「懷台灣」之鄉，或在台灣「懷大陸」之
鄉，互相可以代換。來台大陸人，透過陳之藩的感性文
字，於家國情懷能產生一種移情作用。這應是陳氏散文暢
銷於讀書市場，被台灣讀者充分接受的一大原因。

　　除了揮之不去的家國之思、懷鄉之情，他在美國也描
述、報導身邊的人事物，有種種感想與心得。不論寫寧靜
的校園、如絨如絲的草坪，還是介紹西洋自由學術傳統、
劍橋喝酒聊天的「師徒學制」，無疑給封閉在海島出國不
得的台灣學子開了一扇大窗。他也敘述西方典範人物的故
事，如律師丹諾、如電學發明家「湖上漁翁」亞歷山大
等，都不是台灣讀者熟悉的人物典型。此外，他暢談西方
自由思想、民主制度，借西方哲人的故事言行，闡揚人

道主義、自由主義。這些或具體或抽象的美國「人文景
觀」，透過他流暢如水的文體，不只替讀者「開了窗」，
也吹進一股清新空氣，讓讀者大眾對西方世界有了不一樣
的想像。

　　陳氏散文雖寫於美國，市場與讀者卻在台灣。留意這
時期台灣文學風潮走向，不難發現其書暢銷的時段，正是
台灣引進「現代主義」——紀弦成立現代派於五〇年代
末，白先勇、王文興等辦起「現代文學」在六〇年代初。
簡言之，正是台灣島處於全球冷戰，隨著美援與美元而吹
起一陣西風的時刻。主流文壇「美風是尚」的時候，「旅
美小簡」席捲書市，可說不足為奇。

　　出版《在春風裡》的「文星書店」及旗下《文星雜
誌》，便是這一波「西潮」下的重要媒體。六〇年代初期
台灣文化界正展開一場「中西文化論戰」，《文星雜誌》
即是主要戰場之一。主張「全盤西化」，在文化界鬧得沸
沸揚揚的李敖，便一度是文星雜誌總編輯。「比較東西文
化」原是陳之藩散文集其中的內容，作者雖未搖旗吶喊參
與論戰，不過作品暢銷於書市，等於在這場論述裡並沒有
缺席。其抒情文字，透過另類軟性訴求，說不定比生硬的
論述文章更具有影響力。

　　五〇年代末六〇年代初，台灣文壇反共文學低迷，同
時是「留學生文學」逐漸興起，蔚為風潮的時段，如於梨
華的留學生小說《歸》《也是秋天》《又見棕櫚又見棕
櫚》即出版於1963至1965年之間。就「留學生文學」系譜

來看，論暢銷程度與影響力，《陳之藩散文集》是最先升火發動的火車頭，既開「留學生文學」的先河，在藝術成就上尤領先群英。

四、文學史不一定是「文學接受史」

目前，「陳之藩散文」無法成爲「戰後台灣散文史」一個章節，原因何在？一個可能是，台灣目前雖有小說史、新詩史面世，卻見不到一部「散文史」出現。

如果眞有一部散文專史出現，做爲被讀書市場充分接受的「暢銷作家」，加上陳之藩散文風格上承襲五四抒情傳統，且能發揚光大，於潮流上更開台灣「留學生文學」先河。而海外飄零、懷鄉的家國情懷，其具備相當「台灣特性」已如前述。然而，這些特性都不足以成爲「進入文學史」的良好條件。

文學史家一般有兩個標準——其一，文學性或藝術性。其二，社會性，或作品主題是否描寫或代表了這塊土地與人民。

以現有的「文學史書寫」而言，或許因「散文」文類定義模糊，重藝術性的文學史書寫類型，很容易把陳之藩這類「市場性高的散文作家」略而不論，如陳芳明《台灣新文學史》，[24]在其八百餘頁的書裡，只佔約十行，半頁

---

24 陳芳明：《台灣新文學史》，台北：聯經出版公司，2011年10月初版。

不到的篇幅，還排在吳魯芹之後；將兩人置於「聶華苓與自由中國文藝欄」一節的尾端。

彭瑞金的文學史，倒有一節論述「五〇年代散文」，其中第二類「遊記散文」，被彭瑞金批評爲「不自覺地吐露外國月亮圓的媚外心態」，[25]舉的例子是三位女作家：蘇雪林、謝冰瑩、徐鍾珮，甚至不特別舉陳之藩的名字。

葉石濤的《台灣文學史綱》認爲五〇年代的「鄉愁文學」和本地民眾的生活脫節，「讀起來好像是別的國度裡的風花雪月。」[26]陳之藩也未能進入他的文學史裡頭。

不論藝術至上的敘述類型，或強調「社會性」的文學史敘述類型，史家似乎不大在意「讀者接受度高」的暢銷作家。本文雖有心借用姚斯「接受理論」運用於文學史書寫的概念，也想藉此呈現：於文學史家眼中，「陳之藩散文」雖然暢銷，其藝術性卻不一定受到史家肯定。至於其與台灣這塊土地的關係：他的「失根的、離鄉的」，以及呈現孤獨寂寞的書寫主題，更與台灣本地民眾的心境相隔遙遠。散文集雖然吸引嚮往美國民主自由的年輕人的目光，但1950及1960年代國民黨治下台灣大眾，具備留學條件者有幾人？難怪在本土文學史書寫裡，只能佔據很小或幾乎沒有篇幅。

25 彭瑞金：《台灣新文學運動40年》，台北：自立晚報社，1991年3月，頁97。
26 葉石濤：《台灣文學史綱》，高雄：春暉出版社，1987年，頁89。

第七章

從文學史角度看許達然散文的藝術性與台灣性

一、寫作歷程與時代軌跡

　　歷史學者許達然的文學歷程不只起步早，出道成名也早：1961年由野風出版第一本散文集《含淚的微笑》時，還是東海歷史系三年級的學生。而這部散文僅是他初試啼聲的「少作」，與成熟期風格大不相同。值得一提是，這部文集並非一般想像的學院象牙塔產物，而是再版之後還出現盜印版的暢銷書，走過這個年代的文藝青年很多讀過也記得這本書。

　　除了廣為六〇年代讀者接受，從1965年救國團頒第一屆「中國青年文藝獎金」許達然獲散文獎，也說明作品在文壇佔據的主流位置--同屆得獎人：小說獎司馬中原、詩歌獎瘂弦、戲劇獎張永祥，無不是「一時之選」。許達然與他們不同的是，就在

《許達然散文精選集》
2011年(前衛版)

《含淚的微笑》1961年
（野風第一版）

《含淚的微笑》（大業版）

這一年，他於留校當了兩年助教之後，拿到獎學金至美國哈佛大學唸書。「1965年」成了他寫作生涯一個明顯的分水嶺，從此踏上「學者兼作家」的另一條道路。在美國讀書教書超過四十年，身上也多了一層知名「清代社會史學者」的頭銜。

但1965年初出國門，適應新環境加以結婚生子，曾停了幾年創作的筆。七〇年代才又密集向《幼獅文藝》《中外文學》等刊物投稿，這一系列散文結合成第三本文集《土》，於1979年交由正稱霸於台灣書市的「遠景出版社」出版，同批上市的有吳晟詩集《泥土》、宋澤萊小說《骨城素描》、鍾肇政再版的長篇《魯冰花》等。接下來的五年之內，許達然陸續又出版三本散文，這一綿密出書現象，敏銳的研究者便將他的文學生涯分成前後「兩個階段」：以1965年爲界，之前叫「浪漫知性時期」，之後稱爲「寫實諷喻時期」。[1]爲方便往後的討論，此處以相同的分界方式，將許達然單行本散文集按

1　張瑞芬，〈水邊的答問（之一），許達然《素描許達然：許達然散文集》〉，《明道文藝》313期，2002年4月號。本文爲《素描許達然》一書的書評，首刊《新新聞》周刊，2001年12月。

出版時間羅列如下：

許達然散文集出版一覽表(台灣版)			
1	《含淚的微笑》	台北：野風出版社	1961年12月
2	《遠方》	高雄：大業書店	1965年9月
初出國停筆數載			
3	《土》	台北：遠景出版社	1979年6月
4	《吐》	台北：林白出版社	1984年6月
5	《水邊》	台北：洪範書店	1984年7月
6	《人行道》	台北：新地文學出版社	1985年5月
7	《同情的理解》	台北：新地文學出版社	1991年7月

　　從最早兩書出版時間，不難看出第一階段寫作歷程，集中在赴美之前的「五〇年代末與六〇年代初」。第二階段密集創作於「七〇年代」，不只收在1979年出版的《土》裡，也集中在1984年分由三家出版社印行的《吐》《水邊》《人行道》上。三書與《土》連成一個系列，不論一字兩字或三字的書名，無不與「土」字密切相關。《土》可說是這一系列散文集的「火車頭」，主題或風格都有帶頭作用，可稱作濃縮版或精華版，例如常被收進各種選集的〈亭仔腳〉〈失去的森林〉諸篇，皆出自這本文集。《土》共收散文二十五篇，大部分連續發表於1972年《幼獅文藝》，以及1977年各期《中外文學》上。

　　提這些發表與出版時間細節，為的是從這裡切入本

《含淚的微笑》1978年
（遠行版）

《含淚的微笑》1978年
（遠景版）

文的討論。做爲一個早早便進入戰後主流文壇的散文作家，他的文學成果應歸入哪個年代，置於哪一個文學時期來討論更爲妥當？應放在「現代主義」還是「鄉土文學」時期？往下延伸，如何將他的創作成果，放進更大的文學潮流或時代脈絡一起討論？從橫向看，與同時期其他散文家相比，他在主題內容上有何特殊性？從縱向的時間軸線審視，他與前後輩散文家們在藝術風格上，有何傳承或突破。本文希望自「許達然研究」現有的基礎上，拉遠鏡頭，從一個更宏觀的角度，看到他所佔據的文壇位置，或者說「戰後台灣文學史/散文史」的位置？

二、許達然文學「接受史」的回顧

進入文本討論以前，先回溯許達然作品在台灣文壇「被接納的歷史」，可概略瞭解台灣讀者及評論家曾經如何看待、評論他的文學。這段「評論史」最明顯的輪廓是：前階段讀者群雖龐大，評論文章卻少得可憐；後階段在出書數年之內，不但得到本土文壇熱烈迴響，大陸學報

也看得到長篇論文。

　　具體而言，他雖早在1961年出書，1965年救國團散文大獎，但整個六〇年代加上七〇年代，長長二十年間的相關評論，只有一篇鍾梅音刊在1965年《幼獅文藝》[2]的短評。換句話說，許達然寫作生涯「前階段的二十年」，讀者群雖龐大，卻聽不到「接受者」的迴音。

　　要到1979年出版散文集《土》之後的階段，才出現各式各樣評論，不只接二連三出現訪問、討論及書評文章，在「台灣文學體制化」，現當代文學進入院校課堂之後，還加上不少研討會以及研究生碩士論文，說明其散文成果受到新一輩研究者的重視。

　　檢視許達然「後階段」評論史(詳見章末「附錄」)，得書評最多的單行本是《土》和《水邊》。前者有作家羊子喬和呂昱，後一本有學者黃碧端和黃麗娜的專論。

　　1979年正在遠景出版社工作的羊子喬，既是《土》第一位讀者，有機會先睹為快，也最早指出：許達然散文特色在詩質濃厚與意象豐富，稱其「意象的經營錯綜而有變化」，表達情感因此「生動而有力」，是現代散文書寫中，意象經營得極成功的例子。[3]此書評之完成距出書時間不過一年。

2　鍾梅音，〈評「含淚的微笑」兼論許達然的散文〉，刊《幼獅文藝》134期，1965年2月出版。

3　羊子喬，〈談散文的意象──試評許達然散文集「土」〉，《書評書目》第91期，1980年11月1日出版，頁60-63。

《吐》1984年(林白版)

1984年設址高雄的《文學界》季刊第11期，策劃了40頁的「許達然專輯」，包括一場「許達然詩與散文討論會」會議紀錄，以及呂昱書評〈腳印的旅棧〉。[4]呂文是繼羊子喬之後同書的書評，兩文相異處是，呂文強調的並非其詩質如何，或意象如何經營，而是其散文的人道主義與鄉土情懷。指出他以「饒富鄉土氣息的質樸語言」，關心視角已從山上學院走向人間社會。且思想表現是「植根於台灣泥土」裡的，解脫了個人的「自我束縛」，所以能「看清人類的不幸與苦難」。

黃碧端稱讚許達然散文採用的「寓言手法」，也綜合其散文情感，乃聚焦在：「對機械文明的拒斥和對原鄉的緬懷上。」[5]黃麗娜論文發表於九○年代，同樣指出許氏散文語言精練，對鄉土有強烈的歸屬感。[6]

許達然兩位最親近的台南摯友：郭楓與葉笛也都有透澈的專論。郭楓論文發表於1985年《新書月刊》，強調許氏散文「形式精練，思想深刻」，[7]更進一步指出其天性

4　呂昱，〈腳印的旅棧：談許達然的散文集「土」〉，《文學界》第11集(秋季號)，1984年8月，頁39-43。

5　黃碧端，〈水邊的寓言〉刊《聯合文學》第1期，1984年11月，頁212。

6　黃麗娜，〈充滿社會關懷的利筆──談許達然的散文集《水邊》〉，《國文天地》10卷6期，1994年11月1日出刊。

7　郭楓，〈人的文學和文學的人──許達然散文藝術初探〉，《新書月刊》第21期，1985年6月，又收入《美麗島文學評論集》，台北縣政府文化局(北台灣文學51)，2001年

拙樸渾厚，才有風格上的「寬廣胸懷與嶙峋風骨」，是最
早一篇把人格與藝術風格合在一起討論的文章。

　　楊渡的論文拿魯迅與許達然做比較，強調許氏過人之
處是其世界觀。指出批判的主題在資本主義，立足點站
「被壓迫者的一邊」，因而認定許達然是一個「以文藝為
社會實踐的典範」。[8]雖說隨想，頗抓住其精神核心。

　　除了大陸學者李源[9]、趙江濱[10]等以長篇大論，演繹許達
然散文背後的人道主義與面對工業社會的生存困境之外，九
〇年代以後，台灣年輕學者陸續加入「許達然文學研究」
的行列。除了李癸雲、張瑞芬、王韶君的綜合性論述，廖
玉蕙、莊紫蓉兩人鉅細靡遺，精心整理後發表的「訪談
錄」，2001年及2005年，更分別有兩部碩士論文完成：

　　　陳淑貞：《許達然散文研究》
　　　　　　　(台北市立師範學院應用語文所)
　　　李玉春：《許達然文學觀及其文學表現》
　　　　　　　(師大國文系在職碩士班)

　　　碩士論文不免侷限於少數人閱讀，陳淑貞論文卻已印

　　　12月出版。
8　楊渡，〈冷箭與投槍——讀許達然散文的隨想〉，《台灣文藝》第95期，1985年7月，
　　頁51-60。
9　李源，〈一首現代社會的悲愴曲——評許達然的散文（上）（下），《台灣文藝》（雙月
　　刊）第112、113期；1988年7月～9月號。本文原刊《廣東社會科學》，1987年第3期。
10　冒炘、趙江濱，〈現代生存的藝術反思：許達然散文論〉，《新地》文學雙月刊第九期，
　　1991年5月，以後又刊於（北京）《四海：台港澳海外華文文學》，1992年第6期。

成400頁單行本出版，[11]以上這一切都說明「許達然文學研究」二十餘年間已經累積了一定的成果。

不可不強調的是，這許多評論文章裡，大多單就許達然某一部文本，或就其人其文個別做論述發揮，很少將他的文學特色或散文成果，扣進時代脈絡或思潮的變遷一起討論。

三、展出《土》的社會與時代背景

《土》1979年(遠景版)

眾所周知，台灣文壇「七〇年代末八〇年代初」正是文學思潮變遷重要轉折年。1977年余光中在聯合副刊發表〈狼來了〉，[12]等於向台灣上空打出「鄉土文學論戰」起跑的一槍，幾個文化雜誌：《夏潮》《仙人掌》《中國論壇》《中華雜誌》紛紛成為論戰舞台，王拓、陳映真、尉天驄、何欣、徐復觀，與彭歌、朱西寧、銀正雄、尹雪曼、陳鼓應等人的文章，各像速度不同的大小子彈，在台灣文壇交鋒得煙硝瀰漫，這批像〈不談人性，何有文學〉〈墳地裡哪來的鐘聲？〉〈是現實主義文學，不是鄉土文學〉等論

---

11 陳淑貞，《許達然散文研究》，台北縣政府文化局(北台灣文學96)，2006年12月出版。
12 余光中，〈狼來了〉刊聯合報副刊，1977年8月20日，寫此文時他正在香港中文大學任教。

戰名篇，全收在尉天驄主編的《鄉土文學討論集》裡。
1978年由遠景具名出版的這本論戰文集，短短時間便收集
成洋洋850頁面市，台灣文壇從沒見過這麼厚的一本論爭
集，戰況之激烈不難想像。

　　另有一篇重要文章也編在書裡：葉石濤的〈台灣鄉土
文學史導論〉。[13]論文首刊1977年《夏潮》，實際是一套
大書：遠景版《光復前台灣文學全集》(小說8冊，新詩4冊)的
總序，主編由葉石濤與鍾肇政掛名，執行編輯爲：張恆
豪、林瑞明、羊子喬。而這套台灣文學出版史的指標性大
書，卻比李南衡主編的精裝五大冊：《日據下台灣新文學
選集》仍慢了幾個月才推出。不說李南衡爲這套書幾乎傾
家蕩產，遭警總約談，南北奔波向緘默老作家們蒐集資料
尤費苦心。兩套書上市時間同在1979年，是出版史不能不
提的「里程碑」事件──它標誌著台灣文化界開始「尋
根」，要找出這塊土地自己的文學歷史──不只從地底下
把散佚的戰前文學資料挖掘出來，還認眞整理翻譯出版，
以大套書形式向群眾傳播。這年正是許達然出版《土》同
一個年分。

　　1978與1979兩年，原是台灣政治與社會最多事之秋，
國際地位遭遇前所未有的重大打擊。光從文壇幾處「餘
震」即能以小見大。一是1978年12月17日聯合報副刊策劃
了整版的「全國作家談中美斷交」，[14]標題爲「邁向頂風

---

13 葉石濤〈台灣鄉土文學史導論〉出書之前先刊於《夏潮》第14期，1977年5月1日出版。
14 美國總統卡特在1978年12月16日宣布將於1979年1月1日起與中共正式建交，台灣

逆浪的征程——請聽文學藝術工作者堅定的聲音」，參加者有：張曉風、楊牧、楊逵、司馬中原、朱天文、夏志清、余光中、王文興、林海音、張系國等31位作家。回國剛接編副刊不久的瘂弦，能一口氣號召大批主流作家敵愾同仇，寫下如此激勵人心的標題，足見媒體高度動員能力以及他敏捷的詩才。

前述「中美斷交」一詞，今天解讀，正確詞義應該是「中美建交」(不過二十餘年的時間，同一詞彙能做出全然相反詮釋，台灣認同與「名實變遷」混淆情況由此可知)。這項沉重打擊，同時推進台灣文學思潮的大轉彎，此後鄉土與本土意識逐漸抬頭，葉石濤提出的「台灣意識」原只是論戰焦點，但慢慢質變爲「鄉土即台灣」，鄉土文學概念「邁向頂風逆浪的征程」，走向本土文學時期。

其二是1979年12月13日，小說家王拓、楊青矗等人因「美麗島事件」涉嫌暴動被捕，震動文壇。台灣文學場域，政治與文學角力的密度越來越高，明顯的例子是1980年1月7日，陳若曦以作家身分在台北國賓飯店召開一場中外記者會。她因《尹縣長》一書名震海內外，這是她離台18年後第一次回鄉，爲美麗島事件牽連作家向統治者請命。在這以前，台灣文人未曾經歷類似場面——往昔不是沒有作家被捕的事，如柏楊、李敖入獄事件。但戒嚴時期

各報於隔日都大幅報導此一新聞。大報副刊得以配合新聞版面同日見報，顯見其機動性與動員能力之快速，九〇年代以後的媒體絕難辦到，也說明那是一個由副刊執文壇牛耳的時代。

從沒有媒體報導或發聲，民眾視之如常一點也不覺奇怪。

　　七、八〇年代之交，經濟快速發展，新聞媒體重要性隨之日益增強。1980年文壇矚目的第二屆「時報文學獎」首獎由黃凡〈賴索〉獲得。小說男主角賴索是一位理想幻滅的政治畸零人，曾經是熱心於台獨運動的小人物。政治小說能在大報得獎，曝光於百萬讀眾面前，被廣泛閱讀也是台灣歷史頭一回。洪醒夫的〈散戲〉、宋澤萊的〈打牛湳村〉，這些以台灣鄉土人物為題材的小說，接連獲得副刊大獎。換句話說，台灣「鄉土文學時期」的來臨，不只是論戰後產生的空泛理論，不只是少數知識分子流傳的抽象文學思潮。以本土為題材的小說陸續登上主流媒體，說明「思潮」與「文學作品」互為表裏。且作品的藝術性與大眾化程度，全通過激烈競爭的文學獎檢驗，既在嚴肅文學的行列，也被推入市場機制成為大眾讀物。

　　無巧不巧，以上台灣文學思潮從「鄉土」到「本土」的轉化過程，既發生在台灣七、八〇年代之交，而交疊在交界點上的1979年，同樣也交疊了一個「土」字，正是許達然「這一年出版」散文集的書名。這裏預先展開1980年前後的文壇背景與社會狀況，除了做為「許達然文學接受史」的補充，也做為下面討論許氏散文文本的環境背景。針對同一本書，有的人討論外在形式，有的側重主題內容。前面提到後期的幾本散文其實是同一個系列，是以下面嘗試將《土》之後總共五本散文集，亦即整體「許達然散文」當作一個總體文本，分別從「藝術形式」與「主題

內容」加以討論。

四、許達然散文於藝術形式的開拓

　　做爲一個熟悉文壇環境與風格走向的寫作者，許達然
對台灣散文曾有犀利的批評。〈感到，趕到，敢到——散
談台灣的散文〉[15]刊於1977年《中外文學》，除精簡有力
地，直接點出台灣散文的病徵，也間接表達他的散文觀與
創作觀。文章開宗明義說：

> 　　現在台灣的散文，除了表達辭藻更幽雅外，除了把
> 洋化思想與荒謬注入台灣的生活外，除了內容更愁
> 苦外，除了造境更清新外，似乎沒進展多少，不是
> 太散就是太文了。(頁137)

　　這篇骨子裡批判力很強的文字，卻出之以藝術性的反
諷筆法。例如將「散文」兩字拆開來，巧妙地變成批判性
形容詞，於是它一分爲二，兩枝回馬槍般，分別回過頭來
批判現代散文，且「修理」得天衣無縫，毫不以辭害意，
準確擊中台灣散文要害。題目謙虛地表示在「散談」，實
際上嚴謹縝密，延續他做爲社會學與歷史學者的啄木鳥角

---

15 刊在《中外文學》6卷1期，1977年6月1日出版，原題爲〈感到，趕到，敢到——散
　談我們的散文〉，略有改訂後做爲文集《吐》的壓卷之作，等於「後記」，林白出版社，
　1984年6月出版。

色，直如醫師般，診斷了台灣當時散文書寫的一大堆病
徵。文章從中國傳統散文起筆，說到「五四時代要推倒的
東西」，台灣卻正在流行。當年胡適叫喊的「八不」主
義，在台灣竟成了「八步」：

> 內容言之無物，無病呻吟；敘述用典，用套語濫
> 調，對偶，不合文法，摹仿古人，避免俗語俗字。
> 我們擺脫了文言表達方式，卻掉進傳統的抒情韻
> 致。

　　除了總體性病徵，更分門別類地討論台灣散文各個
細類的「到與不到」：包括雜文、抒情文、小品文與遊
記：

> 雜文是一種從文章走出來的「人生觀察」與社會批
> 評[16]：感到，趕到，敢到，敢倒。文對主題，主題
> 對政治社會。(頁138)

　　他原希望台灣南腔北調的「雜文」，能在「冷酷人間
吹成一股熱風」，然而一些方塊雜文作家，卻執意教訓讀
者似的，東引一段「連自己都不實行的教條，西抄連自己
都不明瞭的教義」，他認為這些作法「大可不必」。他認

---

16 原文加引號，原因是《人生觀察》為王鼎鈞一本方塊雜文集的書名，1965年文星書店
　出版。

定理想的雜文態度是「不妥協的方塊，爲不平而不平」。
另外，對那些「以自我爲中心，以閑適爲格調」的所謂
「名士派小品文」，他也有鞭辟入裡的批評：

> 據說小品文中國早就有了，現在的作者除了文白相
> 雜外，……喜歡引用古今中外死人的話與事，零星
> 推銷見聞，流露酸澀的幽默，詼諧的譏諷；把快感
> 當美感，把感到當敢到，作者總是開心而不關心。
> (頁141)

　　這段最後說：「爲何我們偏愛品小，而不品大的？」

1.巧用漢字「字義與字形」

　　巧用漢字特有的組成方式，加以排列組合：「開心關
心品大品小」，正是典型「許達然文體」的特徵之一。開
與關對照之下，「關心」一詞頓然從單義轉爲多義；同
樣，翻轉「小品文」的「小品」兩字也讓「品」字一下子
由名詞變成動詞，加強了詞語的彈性與多義性。同樣例
子，上文的「感到，趕到」之外，還有「敢到」和「趕
盜」。正如批評當代散文「不是太散就是太文了」，此處
也巧用漢字的「同音多義」，將一列同音字用來解說理想
散文的條件，綜合全文大意：
　　「感到」或是說散文應當有感而發，不要滿紙無病呻
吟，套語濫調。

　　「趕到」延上面所引述，散文反應現實要即時而迅速，不要一味迷戀古人。

　　「敢到」或指散文家要有正義之氣，要敢怒也要敢言，不平即鳴。

　　「趕盜」約期望作家勇於衝撞禁忌暴露黑暗，要趕走社會腐朽的惡勢力。

　　第二第四兩行同一「趕」字，意思也完全不同。

　　文中還提到「趕到感悼」的遊記，經常是「上窮名勝古蹟，碧落平民地帶，可惜多半展覽異邦，忽略台灣」。他又精闢地指出：台灣所謂現代散文的最大問題是：「誤認西方的現代感作中國的，把他們資本主義社會的迷失，當作我們的情人猛抱。」至於數量龐大的抒情文，他擔心寫散文的朋友：

　　　　花很多情感供養一瓶花，哀怨成氣候，抒了情也輸了情。

　　「花」字先是動詞，句尾回到名詞，頭尾同一字而意義不相同；「抒情」會變成「輸情」，許達然不但是文章醫師還是文字魔術師。

　　漢字和西方拼音文字最不同的地方是，它有「象形」功能，一個字可以拆來拆去形成字義的變化。許達然善用漢字特點，從他構思書名也表露出來。與書名同名的一篇〈吐〉開宗明義就是：

> 口和土分不開：無土無食物，口張得再大吐的也都
> 是氣。……人不是龍，吞噬傳說吐出神話舞弄。人
> 也不是魚，不願吃回吐出的苦水。人既然是人，吃
> 苦，吃瘤，吃虧，吃不消就吐。[17]

　　前面提到各部散文集形成「系列」，構成散文家的思
想與風格，實例之一便是這本《吐》。全書收入約三十
篇散文，每輯十篇分成三輯，目錄頁上三輯分別名為：
「口」「土」「吐」。每輯首頁另加一短句權作副標題。
如「口」輯的標語是：一張口說許多話，「吐」輯的標語
為：許多口吐在一塊土上。從這些標目很容易看到：許達
然所關心的是亂糟糟的人間，是給污染的工業社會，他有

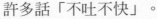

　　　　　　　　　　　許多話「不吐不快」。

　　　　　　　　　　　　在《水邊》，有篇描寫學界朋友
　　　　　　　　　　紛紛「理想轉彎」的散文。他藉一個
　　　　　　　　　　放棄做古典學者而跑去開計程車，後
　　　　　　　　　　來當木匠朋友的嘴，講出放棄做學問
　　　　　　　　　　的理由，順便針貶了學術界喜歡吵架
　　　　　　　　　　抄襲的惡風：

《水邊》（洪範版）

> 他不敢確定學術界抄來抄去吵來吵去炒來炒去編來
> 編去鞭來鞭去偏來偏去貶來貶去騙來騙去有什麼意

17《吐》，台北：林白出版社，1984年6月出版，〈吐〉為其中一篇，頁105。

義，但卻更相信人文精神了。……從前他幻想做柏
拉圖，注重理念，大講桌子形狀卻沒做過桌子。現
在他實際做桌子，而且在故鄉，他很喜歡。[18]

2.善用漢字的「字音」

　　除了「字義字形」，許多篇章則善用漢字另一特性：
「字音」。且看《土》裡一篇回憶童年歲月及巷弄生活
的短文，題目是〈想巷〉。我們一般描寫巷，題目就是
「巷」，最多加個寬窄大小的形容詞在前面，很少「冠以
動詞」並運用諧音來擴張漢字詞意，形成詞彙的多義化。
文中更把童年簡陋巷弄裡的大千世界，描繪得有聲有色，
讓讀者能立體聲般如臨現場：

　　　　巷內，做棺材的，釘釘釘；做豆腐的，磨磨磨；做
　　　　佛像的，刻刻刻；做草鞋的，織織織，蒼蠅看不懂
　　　　卻賴著不走。(頁47)

　　鄭明娳〈談鑑賞散文的方法〉[19]提到散文寫景的最高
境界是：「狀難言之景，如在目前。」許達然提供一個現
成例證——他只用很少的字，即畫出各種人物場景，方法
是字形之外加上聲音：那些「釘」「磨」「刻」「織」，

---

18 〈轉彎〉收在《水邊》，台北：洪範書店，1984年7月初版，頁177。本文發表於1978年。
19 鄭明娳：〈代序——談鑑賞散文的方法〉，《現代散文欣賞》，東大圖書公司，1978年5
　　月出版。

字的本身已經「象形」：釘子是金屬做的「金」字旁，磨
子是石頭做的「石」字旁，刻佛像用「刀」字旁，「織」
是編織的「糸」字旁。但名詞之外，「釘」「磨」「刻」
「織」又兼作動詞，單字本身已形成「動作的畫面」，妙
的是三字連用後即「發出聲音」。釘釘釘，刻刻刻，不同
聲音代表不同動作，讓四種行業各自不同的面貌神情清楚
展示出來。

　　結尾一句雖然不是聲音，但畫面情境同樣傳神且帶
「雙關」作用。通常「看不懂卻賴著不走」的，讀者總直
覺不是觀光客便是小孩(文中第一人稱)。作者不用人物而故意
以「蒼蠅」作代表，若有所指，但聲東擊西反增加讀者想
像的空間，亦是「狀難言之景」另一種境界。

　　同樣高難度的寫景技術，見於〈看弄獅〉一文，也發
表於1978年。開頭的幾句是：

> 　　懂懂懂。攏統搶，侵同搶，統統搶，搶搶搶。不知
> 歷史從哪裡放出這隻畜生，……。但免驚免驚，假
> 的。連那些劈破天空的屁力潑辣，痞利爬拉都是假
> 的。霹靂破了，臭煙霧還不散，真擠啊！[20]

　　除了巧用字音，漢字的字義字形也加進來，甚至方言
疊韻都一起列隊表演。漢字的「六書」功能被發揮到淋漓

---

20 許達然：〈看弄獅〉，《土》，台北：遠景出版社，1979年6月出版，頁133。

盡致。讀者不僅從中感受舞獅的熱鬧場面，還能用眼睛
「讀到聲音」：打鑼的聲音，鞭炮的聲音。也能聞到氣
味：人擠人的氣味，煙霧的氣味。細心的讀者會注意到，
後半段三十多個字，或擬音或擬形，完全不用「鞭炮」兩
字，僅利用音響效果便勾勒出生動的畫面。後面還有更屬
害的：他從擬鑼鼓聲的「攏同腔」跳接「籠同僵」，前後
兩句換字不換音，正如實際鑼鼓聲的單調重複，卻在兼顧
字音字形之外，充分掌控字義的轉換，額外卻精準表達了
「中國人僵化傳統」的文章主題，用字之奇巧簡練令人驚
奇。同文還有一句至理名言：

　　即使穿西式的鞋子我們也要走自己的步履。

　　另一篇〈疊羅漢〉同樣字音字義雙關。文章一開頭寫
道：

　　上去下來。比，上去；逼逼逼，下來。這疊跌的體
　　操，大家為了飯碗是天天做的，只是不一定鍛鍊得
　　強健而已。一開始就逼，逼，逼，頭頂別人的頭頂
　　別人的手頂別人的腳，肩肩兼梯，給別人攀，越上
　　越開，越開越險。[21]

---

21 〈疊羅漢〉收在《水邊》，台北：洪範書店，1984年7月初版，頁35。本文發表於1981年。

《人行道》

這段文字一邊唸出來比默讀的效果更佳。前面十二字，除了看到疊羅漢的動畫，也吹了教練的哨子聲音。同樣三疊字的設計，這次除了音響效果，三連「逼」字正像在疊羅漢。最後一行「頭頂頭頂手頂腳」的連句寫法，也彷彿差遣文句與身體圖像在疊羅漢；而「肩肩兼」三字同音，也是音義兼顧，兩字都有「樓梯」的象形。現代詩有「圖像詩」一派，將一首詩排列成內容相關的特殊圖形。似乎沒人提過「圖像散文」，許達然這方面的獨創成果，值得研究者多加留心。

五、批判資本主義與機械文明

許達然散文最大特色，引楊渡的話，是以下三種角色的結合：「歷史的冷靜、社會學的觀察、文學的實踐。」[22]從前面提到他的散文創作觀，也可發現這些寫作的「表面功夫」，如字音字義的奇巧，句法組織的高妙，並非他創作散文追求的重點。換句話說，尋章覓句非其提筆的目的，文句背後表達的主題與產生的作用，才是他所

---

22 楊渡，〈冷箭與投槍──讀許達然散文的隨想〉，《台灣文藝》第95期，1985年7月，頁53。

以寫作的精義。歷史學者社會學家的角色背景，造成他把寫作當成一種社會責任，認定：文學是社會事業，「活在社會都對社會有責任」，[23]連紙都是別人替作家造的，寫作者要擺脫社會怎麼可能。

寫於1984年書後的短短「後記」，有力地表達他的文學觀：寫那些自我傷懷纖巧唯美，無關社會的文章，只是消耗紙漿，「浪費樹的年輪」而已。

以下兩段話是他最好的自剖與自述：

> 我相信文藝力，所以才也寫作，不然就專心做學者研究歷史與社會了。……文學在歷史與社會情況下產生，也可影響社會與歷史。（〈《人行道》後記〉）

> 寫作，什麼都可放棄，不能失去的是歷史悠久的語言、對群體的責任、及創造力。還有人格與勇氣！無人格而講究風格仍是無格。(同上，頁176)

他堅信社會意識可以滋潤人性，文學創作應該為廣大弱勢族群發聲。

1.批判工業文明對土地與人的傷害

對故鄉有著深厚情感的他，筆下的題材離不開台灣，

---

23 許達然，〈《人行道》後記〉，《人行道》，新地出版社，1985年5月初版，頁175。

尤離不開熟悉的農村。他記得小時候家鄉的溪水是如何地
清澈見底。但「不久就聽說水邊建起工廠」：

> 不久又聽說連那泓水也被加工；加工後的科學廢物
> 比人的大便還臭，卻不能灌溉。[24]（〈那泓水〉，頁7）

> 聽說工廠排出的二氧化硫枯萎了稻，污水流進田灌
> 死了稻。……施肥撒藥，土頻吃藥早已受不了。
> ……到了工業區，一下車就看到煙囪。那些無耳無
> 目的怪物，整天張大著嘴猛吐，空中畫不出什麼圖
> 卻繾綣不散。（〈春去找樹仔〉，頁11）

　　他去「郊遊」，發現越走越臭。原來「溪已死了。貓
鼠石斑魚一起和平腐爛相擠，擠出腥臭」（〈郊遊〉，頁17）。
他去釣魚，釣上來也不敢吃，因為「小魚吃汞，大魚吃小
魚，人吃大小魚，破壞腦神經與排泄系統，還可能中毒而
死」。（〈水邊〉，頁17）

　　他筆下一位主角「被僱趕鴨」，知道「鴨這畜生對人
簡直全身有用，連鴨糞都可飼魚」，於是自己租地養鴨。
「沒料到隨著溪邊那頭蓋了農藥廠，麻煩也來了」：

> 農藥要除的是害蟲，但還未害死害蟲，附近的稻就

---

24 許達然，〈那泓水〉〈春去找樹仔〉〈郊遊〉〈水邊〉皆刊於《水邊》，洪範書店，1984年
　　7月初版。

先變黃，水就先變黑了。[25]

　　早期來台的散文家善於提筆歌頌大自然。以張秀亞爲代表的美文傳統，常用優美的文句，描繪身邊自然環境的美好，如：「楊柳如煙，繁花遍野的時候，到處都有著鳥兒們小規模的或大場面的演唱會。」[26]結語通常是：「大自然的言語，給了我無限的啓示。」歌頌自然的另一種典型，是說大自然使人忘憂，例如：只要綠樹相伴，便不會感到寂寥憂苦：

　　　　有綠樹爲伴，一同諦聽泉水的琤琤，則一切的煩慮
　　　　將完全消失。（〈綠樹〉，頁91）

　　做爲散文家，張秀亞的文學觀是：「觀覽一切；紀錄一切，……並設法自現實中引發出美來。」1990年許達然主編上下兩冊的《台灣當代散文精選》，便看到戰後台灣散文書寫的歷史變化。他在書序寫道：

　　　　以前的自然散文讚美自然，八十年代的台灣自然散
　　　　文要挽救自然。[27]

---

25 許達然，〈鴨〉，《土》，台北：遠景出版社，1979年6月初版，頁130。
26 張秀亞，〈春天已經來了〉，《水仙辭》，三民書局，1973年2月初版，頁114。
27 許達然主編，《台灣當代散文精選》上下冊，新地文學出版社，1990年6月初版，頁12。

　　換句話說，他懷抱的「社會責任」寫作觀，不讓他視而不見地，僅僅從現實引發出美來。反而要繪出現實的醜陋面，呼喚人類反思並指出工業入侵對大自然的嚴重破壞。他看到工業的濃煙臭霧造成秧苗衰萎，農夫陳情無效後「憤憤踢土，不願再翻土」：

　　　　從前他們認為農田是好土，現在他們覺得自己好
　　　　土！未老邁就彷彿佝僂。[28]

　　這一系列為勞動者為農民說話的散文，筆端帶著深厚的同情，文字背後隱藏著一位社會學者批判社會不義，關懷弱勢的人道精神。

2.批判資本主義籠罩下，人的物化

　　現代化社會的標誌之一是機械文明。他的文章再三提醒我們：人發明機器，卻反被機器吞噬的種種物化現象。「科學已進步到迷信。什麼都是機器。機器說什麼，人就做什麼。」並且：

　　　　錢一進去就有力，按鈕就有勢，無勢被鈕按。按
　　　　計畫又製造更多機器，機器繼續收集資料。(〈給
　　　　「能」〉，頁101)

---

28 許達然，〈防風林〉，《人行道》，台北：新地出版社，1985年5月初版，頁36。

他發問：「我們究竟知道環境與人類多少？」現代社
會裡，人經常瞭解機器卻不瞭解自己，也不瞭解別人。
「人總是誇耀能操縱機器，但人能控制自己嗎？」[29]他文
末的結論是：

> 我們發現現代是陷袋，人類活到現代都不願掉入陷
> 袋……但仍不能逃避現代。……二十世紀人存在的
> 顫慄與其說是宗教的或哲學的，毋寧說是政治的與
> 科學的。（〈給「能」〉，頁10）

所以他描寫故鄉台灣的〈冬街〉[30]景象是「女想衣裳
商想錢」的巴黎服裝店；以及「恨不得大家都近視、遠
視，或亂視」，賣德國鏡架日本鏡片的時代光學中心。他
描寫的〈森林〉景象是：到處被燒得
光禿禿，或被砍除「沿途無屋無田無
水，就龜裂的土」。而他描寫台灣的
〈牛墟〉景象是：大人們交換著賣牛
的苦衷：「因為地越佔越少牛吃不夠
草，因為耕不起田，因為急需錢卻借
不到……」[31]總之，工業社會的現代
性一是對土地的戕害，生態污染，造

《芝加哥的畢加索》
1986年(簡體版)

---

29 許達然，〈給「能」〉，《吐》，台北：林白出版社，1984年6月初版，頁102。
30 〈冬街〉收入《土》，頁25-31。
31 〈森林〉頁137，〈牛墟〉頁53，見於《水邊》，洪範書店，1984年7月初版。

成人與大自然的疏離。其二是機械文明對人的心靈的戕
害，人心跟著物化，造成人與人的疏離，人與社會的疏
離。

3.檢討現代文明的殘酷

　　許達然用情節與對白來描寫人心的物化，這篇題爲
〈妨礙交通〉，[32]與其說是散文，不如說是一篇上乘的
極短篇小說。某風雪封鎖的高速公路上，突然出現一隻
鹿。「車轆轆閃避」(作者挑的疊字形容詞，或有意讓讀者看到「車
陣現場」鹿夾在中間的驚險樣貌吧)。避不開的車子撞倒鹿，揚長
而去。「雪從牠身軀流下洗著腿上的血」。警察憤憤把鹿
拽到公路旁，引來一個婦人下車想把鹿救起送獸醫院。警
察認爲不必麻煩了，醫了以後也是殘廢。以下是他們的對
話：

　　　　只不過是一隻鹿的生命，妳何必這樣認眞？

　　　　那我自己帶牠到獸醫那裡。請幫我把牠扶上我的車
　　　　好嗎？

　　　　獸醫不會理妳的，他要急救的貓狗太多了。

---

32 〈妨礙交通〉收入《水邊》，頁163-165。

　　警察還解釋：這動物會偷吃玉米蔬菜，冬天到處亂晃，本該殺掉些的。作者借氣極了的婦人的嘴巴大聲質問：

> 什麼都要殺，要殺到什麼時候？已殺掉那麼多樹林
> 還不夠嗎？我們不檢討人的殘酷，卻責備鹿。如果
> 我們多保留些樹林，鹿也不必跑到路上了。(頁164)

　　從動物身上看到人類的物化，顯現機械文明的殘酷，流傳最廣讀者也最多的，當屬發表於1972年〈失去的森林〉。散文主角是一隻養在他家樓梯口的猴子阿山，說是「養」，其實阿山長年被一條鐵鍊鎖在人類的文明裡，回不去屬於牠的森林。

> 我們既自私又殘酷，卻標榜慈悲，不但關人也關動
> 物。(頁35)

　　許達然如是說。有一天家人發覺鐵鍊的一段已經嵌入阿山的頸內，因為日子久了，肉包住了鐵；也因為牠痛苦而叫時，經常沒有人聽到。本文題目「失去的森林」，既由猴子象徵牠失去了心靈安置的所在(森林)，鬱鬱而終；也象徵人類生活在「文明」裡，逐漸失去了慈悲的大性。人類也被綁在文明的鎖鏈裡掙脫不得，有如阿山，且「越掙扎鐵鍊就越摩擦牠的頸」。

　　作者有心指出現代文明殘酷的一面——機械的發明，工業的發達既疏遠了人與大自然的關係，也疏遠了人與人的關係。這裡頭的核心精神應該是：他擔心機械文明，造成人文精神的衰退或逐漸喪失。

六、許達然散文的台灣性與文學史位置

　　前面提過，七、八〇年代台灣文學思潮走向，與接二連三外交衝擊的背景密切相關。從時間順序來看，1970年有引發知識分子民族意識高張的「釣魚台運動」，1971年是中共取代台灣，坐上聯合國代表席位。隔年尼克森與周恩來簽署「上海公報」，中美建交，中日建交。台灣一連串「喪失國際地位」的嚴重打擊，引發知識社群澎湃的「回歸鄉土」運動。

　　從回顧的角度看此運動的內涵與由來，簡略地說：五〇年代反共懷鄉文學，眼睛看的是中國舊大陸；西化當令的六〇年代現代派文學，眼睛看的則是美國新大陸。在接連的打擊之後，知識分子才轉而注視腳下這塊土地，全面地反省台灣社會與文化問題。

　　七〇年代以後，一般文學史書寫稱作「鄉土文學時期」。此時的主流文學思潮，借用陳建忠的概括：「或是批判美國、日本的經濟、文化侵略，或是描寫台灣工、農小市民階級社會生活的景況，分別帶有民族主義與社會主義色彩，不約而同地在揭發台灣經濟發展中所暗含的殖民

地(西化)性格與階級剝削問題。」[33]

　　將許達然文學放進「鄉土時期」的主流精神來看，從描寫農工小民景況，到揭發資本主義的剝削本質，不只主題精神吻合，連他取的書名《土》《吐》等，都清楚標明他所關懷的對象、書寫的象徵。但做爲鄉土文學潮流的代表性作家，文學史書寫有關「鄉土」的章節反而很少提到他。這與一般文學史多以小說爲重心，較少注意「散文」這個文類大有關係。

　　目前爲止，仍缺乏一部深入而完整的，單一文類的台灣散文史。

　　而進一步探討文學主流，「七〇年代散文史」也不一定稱得上「鄉土文學時期」。

　　與同時期主流散文家相比，從藝術形式到主題內容，許達然寫作風格頗爲不同。由新世紀回顧他的系列散文，最特殊之處，應是作品裡流露的「台灣性」。就使用的「語言工具」而言，由於主張散文須「映時代與含社會」，除了善用漢字六書而發展出所謂「詩化語言」之外，他也提出台灣母語的豐富性，並率先實踐。

　　堅持以台灣口語入文，因爲「有些雅得可愛，有些俗得可親」。[34]前者像失禮(對不起)、牽手(妻子)，後者如討

---

33 陳建忠，〈戰後台灣文學〉，《台灣的文學》，群策會李登輝學校，2004年5月初版，頁81。

34 許達然，〈序〉，《台灣當代散文精選》上下冊，新地文學出版社，1990年6月初版，頁11。

海(打魚為生)、頭路(也是客家話，職業)、顛倒(反而)、無採(可惜)等
等。而把方言俗語加進散文裡，並不是在粗製濫造，而是
讓散文更精緻、表達更貼切：

> 散文本來就是不拘形式，「不擇手段」的；用方言
> 與俗語，不是使散文「再粗糙化」，而是注入語文
> 的新血液，增強表達的貼切與內容的落實。[35]

　　除了採擷台灣母語之美，他的散文也細膩刻劃景觀背
後的台灣人文。在批判資本主義帶來的物化之餘，也寄託
他對古早家鄉的思念情懷，如故鄉〈那泓水〉〈牛墟〉
〈順德伯的竹〉。更明顯的例子是〈亭仔腳〉。刻畫的不
過是「走廊」，但他從這「詩意昂然的名字」說起，更溯
源空間景觀背後，「交雜拓荒者的血汗」，「象徵開拓者
一齊伸出的手臂，共同豎起的懷念」。[36]母語之美，人文
精神與鄉土情懷，豈不是「台灣鄉土文學思潮」不可或缺
的幾個重要質素。

　　或許與他的歷史學者身分有關，許達然是少數早早於
七○年代便關心，且著手創作「原住民題材」的散文家。
發表於1978年的〈獵〉，採取第一人稱，透過自述發出
「文明是一種野蠻」的抗議聲音。透過原住民主角之口，

---

35 許達然，〈感到，趕到，敢到──散談台灣的散文〉，《吐》，林白出版社，1984年6
　　月出版。
36 〈亭仔腳〉收入《土》，頁23。

他道出：「明明是侵略卻說是拓墾，明明是奸詐卻說是開化，明明是欺騙卻說是交換，明明是壓榨卻說是慈善！」最後原住民明白，「和他們交易等於送肉飼虎」。[37]這些弱勢聲音與訴求，豈非八○年代台灣原住民運動展開時，所標舉的主題。後起的田雅各〈最後的獵人〉等小說，豈非一脈相承，不脫同樣的內容主旨。

　　前面提過1972和1978是許達然發表散文較密集的兩年，如〈亭仔腳〉即發表於1972年。與同時期散文家相比較，同是學者作家身分，同樣以建築景觀為題，且發表於同一年的，是余光中寫的一篇〈萬里長城〉——作者「幾十年來，一直想撫摸想跪拜」的一座遺產。文章從男主角看到雜誌上一張季辛吉登臨長城的照片寫起。主角雖從未到過長城，但感覺是那麼近那麼熟悉，因為：

> 他生下來就屬於長城……，從公元以前起長城就屬於他祖先。天經地義，他繼承了萬里長城，每一面牆每一塊磚。[38]

　　不同的文學養成、身世背景，擷取的題材與關心的內容自然不同。長城雖然只是靜態的建築，但建築背後隱藏著悠久的歷史文化，早已是中國地理的文化的或政治的象徵。必須釐清的是，作品裡「台灣性」的濃淡深淺，並非

---

37 〈獵〉1978年12月發表於《台灣文藝》第61期，收入《土》，頁111。
38 余光中，〈萬里長城〉，《聽聽那冷雨》，純文學出版社，1974年5月出版，頁2。

以「描寫台灣」爲準則；亦即題材是不是台灣並不重要，書寫背後傳達的意識型態才是重點。

可以舉另一位散文家張曉風的〈常常，我想起那座山〉[39]爲例。入選高中國文教科書的這篇散文，以一系列札記式短章綴連而成。描寫的是她遊歷北部復興鄉拉拉山的心情與聯想。文章起篇寫她對高山的嚮往時，即以孔子、李白、辛稼軒的典故作類比。她來到山裡躺在大樹「復興二號」下面，想起的是「唐人傳奇」，是虯髯客「看紅拂女梳垂地的長髮」的華麗景象。當她走到被雷殛過，主幹枯乾的「復興一號」下面，忽而一陣悲愴：

> 怎麼會有一棵樹同時包括死之深沉和生之愉悅！

> 那樹多像中國！

> 中國？我是到山裡來看神木的，還是來看中國的？

> 坐在樹根上，驚看枕月衾雲的眾枝柯，忽然，一滴水，棒喝似地打到頭上。那枝柯間也有漢武帝所喜歡的承露盤嗎？(頁146)

上文引自大地出版社1981年的初版本。有意思的是，

---

39 張曉風，〈常常，我想起那座山〉，《你還沒有愛過》，台北：大地出版社，1981年3月初版，頁129-150。

後來的教科書版本竟修改了幾個關鍵字：第二行的「那樹多像中國！」變成：「那樹多像我的家國！」；第三行末句也變成：「……還是來看自己的家國的？」[40]

　　此處無法印證是教科書編輯部，還是本人作的修改，但從字裡行間豐富的聯想，可說明通過文學家的細膩的心眼，一草一木無不與家國相關，與意識型態相關。正如同文壇另一位主流散文家琦君──她最著名的《三更有夢書當枕》《桂花雨》《千里懷人月在峰》都出版於七○年代，她的散文題材似乎集中於童年家鄉的懷念，舊歲月人物的懷想，但她細膩溫馨的筆觸，不但為我們展開濃烈的中國風土人情氣味，更灌輸舊詩詞背後的傳統思維。語言絕非單純表達感情或傳遞訊息，語言文字背後帶著強大的文化意識。

　　雖然以詩聞名，余光中卻很早在散文這一門類爭取發聲的位置。在西潮盛行的六○年代初，余光中曾比照「現代詩」「現代小說」的名稱，野心勃勃打出「現代散文」的品牌旗號，且意氣風發，聲稱要〈剪掉散文的辮子〉。[41]他提出現代散文的定義是：「講究彈性、密度、和質料的一種新散文。」又說現代散文：「以現代人的口語為節奏的基礎，……可以斟酌採用一些歐化的句法。」

　　不光抽象地說理，余光中也身體力行：

---

40 見董金裕主編，《高中國文》第一冊，台中：康熙圖書網路，93學年度，頁4-5。
41 余光中，〈剪掉散文的辮子〉首刊《文星》第68期，1963年5月；後收入《逍遙遊》，文星書店，1965年7月初版。

我嘗試把中國的文字壓縮，搥扁，拉長，磨利，把
它拆開又拼(併)攏，折來且疊去，爲了試驗它的速
度、密度、和彈性。(〈《逍遙遊》後記〉，頁208)

許達然在芝加哥

　　此處不談余光中本身的創作試驗是否成功，而是要指出他個人定義的所謂「現代散文」，與今天通稱六〇年代「現代詩」「現代小說」裡的「現代」，或「現代主義」(modernism)界定並不一樣。台灣文學史論述裡，由於小說與詩的討論較多，這兩個文類的「現代主義美學原則」已有共識。不像「現代(主義)散文」，由於討論的人少，形成「一個現代各自表述」的局面。此處不認爲，相信未來的散文史書寫也不會認爲，單在(散文)文句上玩「壓縮，搥扁，拉長」等所謂錘鍊字句的花樣便稱得上「現代散文」。事實上，唐文標、陳映眞等人批評六〇年代台灣「現代派」文學，撻伐的就是其模仿西方現代主義的形式皮毛。從文藝社會學的角度，呂正惠曾指出，西方現代主義是「以反映現代西方資產階級社會的病態做爲主要目的」，[42]「現代主義」並不等同於「現代化」，也不以鍛

---

42 呂正惠，〈現代主義在台灣〉，《戰後台灣文學經驗》，新地文學出版社，1995年7月。

字鍊句等文字功夫爲重心。

　　透過西方現代主義意識型態的參照，我們較容易比對台灣的狀況，從而顯影許達然散文的文學史位置。就其散文濃厚的台灣性而言，發表於七、八〇年代，緊扣土地與現實生活的創作，無庸置疑是台灣鄉土文學時期的代表作品，未來文學史書寫必不會忽略散文這一文類。至於六〇年代「台灣現代派文學」，在戰後文壇經歷了好一陣論戰、平反：擺盪於西方皮毛的模仿，還是藝術形式的開拓；是與台灣現實生活脫節，還是反映了時代的苦悶——當論述的潮流逐漸平靜沉澱，史家對於「台灣現代主義美學原則」有了共識，開始找尋現代主義文學代表作品時，或將發現：台灣原來有「反映本地資本主義病態爲主要目的」的作品，且這些反西方文化殖民主題的文學成果，正如許達然散文所顯示的，不只在文化意識上很「現代」，於藝術形式上，同樣有開拓性表現。

台北教大學生與許達然合照(應鳳凰攝)

【附錄】許達然散文作品評論目錄(1980~2007)

1.羊子喬，〈談散文的意象：試評許達然散文集《土》〉，《書評書目》91期，1980年11月1日。

2.楊棄，〈台灣文學研究會與鄉土文學：訪許達然博士〉，《夏潮論壇》10期，1983年11月。

3.詹文凱，〈一支年輕的筆：簡介許達然的散文〉，《台大代聯會訊》152期，1983年12月。

4.曹永洋，〈紮根在泥土裡的硬竹〉，《台灣文藝》第89期，1984年7月。

5.呂昱，〈腳印的旅棧：談許達然的散文集《土》〉，《文學界》第11集，1984年8月。

6.黃碧端，〈水邊的寓言〉，《聯合文學》第1期，1984年11月。

7.林明德，〈用心於筆墨之外 —— 讀許達然「歷史的諷刺」〉，《台灣日報》，1985年4月29日。

8.郭楓，〈人的文學和文學的人：許達然散文藝術初探〉，《新書月刊》第21期，1985年6月。

9.楊渡，〈冷箭與投槍 —— 讀許達然散文的隨想〉，《台灣文藝》第95期，1985年7月。

10.黃美惠，〈詩人心許達然年輕敏感依舊〉，《民生報》，1988年1月17日。

11.李源，〈一首現代社會的悲愴曲 —— 評許達然的散文(上)(下)〉，《台灣文藝》(雙月刊) 第112期/113期，1988年7月/9月號。

12.冒炘、趙江濱，〈現代生存的藝術反思：許達然散文論〉，《新地》2卷3期，1991年5月。

13.黃麗娜，〈充滿社會關懷的利筆 —— 談許達然的散文集《水邊》〉，《國文天地》10卷6期，1994年11月。

14.羅秀菊，〈同情的理解 —— 我對許達然散文的理解〉，《台灣文藝》155期，1996年。

15.陳千武，〈許達然的散文詩觀〉，《台灣新詩論集》，高雄：春暉出版社，1997年4月初版。

16.李癸雲，〈與書為伍的生命 —— 談許達然的文學歷程與散文特色〉，《明道文藝》第302期，2001年5月。

17.杜文靖，〈散文創作獨具風格〉，《台灣立報》，2001年11月15日。

18.楊錦郁，〈晶瑩的鏡‧默看喧騰〉，《聯合報》副刊，2002年1月21日。

19.張瑞芬，〈水邊的答問，(評)許達然《素描許達然：許達然散文集》〉，《明道文藝》313期，2002年4月號。

20.方瑜，〈孤獨者的素描〉，《中國時報》，2002年3月24日。

21.廖玉蕙訪談，〈少戀心境，多寫現象〉，《自由時報》副刊，2003.3.10~11日，收入《打開作家的瓶中稿》(2004年5月，九歌出版)。

22.莊紫蓉訪談，〈文學與歷史之間 —— 專訪許達然〉，《台灣日報》，2003.4.16~19日，收入《面對作家：台灣文學家訪談錄》，(2007年吳三連台灣史料基金會出版)。

23.王韶君，〈剖析現實的層理 —— 論許達然散文中的人間表現〉，《國北師台文所第2屆研究生學術研討會論文集》，2005年5月14日。

24.張瑞芬，〈解釋學的春天 —— 許達然的文學及其社會關懷〉，《文訊》271期，2008年5月。

※本表僅收入台灣印行報刊之散文評論，未收海外及大陸出版書刊，也未收詩評論。

第八章

鍾理和接受史與台灣戰後文學思潮

■前言

　　作家鍾理和咯血去世，時間在1960年8月4日。

　　由於他在1959、1960這兩年，已在聯合副刊上刊登不少精彩小說，他那文字洗鍊，情感眞摯的寫實筆法，很得到五〇年代末也爬格子的小說同行讚賞。報紙上剛刊出他貧病交迫猝然去世的消息，在林海音主編的聯副上，八月裡即出現了馬各、文心、林海音等一系列扼腕慨嘆的感性悼念文章。方以直(王鼎鈞)刊在《徵信新聞報》的〈悼鍾理和〉，甚至比這三篇文章還早幾天，日期是1960年8月11日，距離他去世僅僅一星期。

　　但也就是這一些了。我們回顧副刊上的這幾篇短文，作家的驟逝，也許曾在範圍不大的文藝圈中，引起小小的波紋。況且，還不能叫「文藝圈」，或許把範圍縮小在當時的「寫小說圈子」較符合實情。簡單地說，就是同在一副刊上寫小說的作者們，痛失一位優秀同行。當然，還要

包括一群喜愛小說的該刊讀者群。他們同情這位同行的貧病寂寞：鍾至死都不能眼見自己寫的作品得以在台灣成書出版，死而有憾。林海音在台北文化圈登高一呼，幾個人成立了「鍾理和遺著出版委員會」，其實是她「五十、一百的捐來了幾千元款子。預約的情形很好，書一出版欠款就還清了」。[1]

　　鍾理和在台灣的第一本書《雨》就是這樣出版的，趕在他「去世百日祭」當天，放在他的供桌上祭弔，以慰亡靈。五○年代末的台灣，雖然沒有七○年代、八○年代那麼蓬勃的文學出版市場，但出版一本書何至於這麼困難，竟到了要在遺囑上交託未曾謀面的文友，向人捐款印刷的程度？不說「反共文學作品」早已生產了數千萬字，文藝小說更是滿坑滿谷，當時的「大業書店」、「光啓出版社」、「文壇社」等，這些專出文藝作品的，生產圖書都在百種以上。顯現小說家鍾理和在當時文壇，真正是處在相當邊緣的位置，他的寂寞艱困，不難想像。

　　如果台灣文學歷史，在1960年底就全部靜止，時間停頓，再沒有以後的七○年代到九○年代，則這位在戰後才從北平回到台灣，且五○年代的十年之間，寫作力最旺盛，因而產品也豐厚的小說家鍾理和，很可能給默默掩埋在大批反共小說或懷鄉散文裡，悄悄消失於五○年代台灣文學史，而不會有今天這樣響亮的名字。然而，「歷史」

1　林海音：〈一些回憶〉，《鍾理和殘集》(台北：遠行出版社，1976年)，頁214。

當然不可能在六○年代門口就停頓。就像時間不可能停頓一樣，它一步一步往前進，並不止息。歷史翻到七○年代的鄉土文學運動，八○年代的台灣意識論戰，甚至九○年代的「後殖民論述」——台灣幾次較大的文化論述，都把鍾理和作品，圈到他們的討論範圍加以檢視。鍾理和的人與作品也就在歷次論戰之後，一步步走過經典化的旅程。

鍾理和全集4《做田》

　　舉一個最明顯的例子：台灣鄉土文學運動展開於1970年代，尤其在中後期達到頂峰。在這波重視寫實，召喚知識分子把眼光集中到腳下這塊泥土、這個社會現實的文化環境下，遂有唐文標刊在《文季》的長文：〈來喜愛鍾理和〉，大大肯定這位擅寫農民生活的典型「鄉土作家」。這時候，遠景出版社出版的黃春明小說集已頗受歡迎而能不斷再版，寫小說有年的王禎和、陳映眞等，在文化圈的聲名亦日見高昇。應該是這樣的時代氛圍，遂有了1976年《鍾理和全集》的出版：此時距作家去世已經十六

鍾理和全集5《笠山農場》

鍾理和全集6《鍾理和日記》

年。也可以說，鍾理和作品開始普及，是伴隨著鄉土文學運動，甚至本土論述的浪潮而逐步高漲的。

　　八〇年代以來，由於兩岸各文學史書，總是將台灣文學史的五〇、六〇、七〇年代，標成「反共」、「現代」、「鄉土」文學等，以十年為一斷(段)的機械式分類，造成許多人不清楚鍾理和這位「鄉土作家」，到底該放在文學史哪個年代較為正確，此其一。其二是他特殊的「中國經驗」──日據時代台灣如火如荼的皇民化階段(亦即1937至1945年之間)，這位整個在殖民地時代長大的鍾理和，正好缺席。由於他爭取同姓婚姻的特殊個人際遇，加上他熱愛寫作，使他與同輩作家如呂赫若(1914)、張文環(1909)等有極大的區別──他在那八年間浪跡中國大陸，並且早在1945年的時候，就於北平出版了他的第一本中文小說集《夾竹桃》。

　　換句話說，他比戰後其他忙著從頭學習中文的台灣作家如陳火泉、楊逵、鍾肇政等，更早「跨越語言的障礙」。他這項提早掌握中文的能力，不止使他在五〇年代小說界有一枝獨秀表現，他的中國經驗及觀點，包括書簡與日記，由於早早形諸文字，就像吳濁流作品一樣，到了八〇年代，亦成為文化界熱烈討論「文化認同」、「民族意識」、「中國結」時，拿來舉例、辯論的焦點。當然他的「中國經驗」在這些論述中，歷經不同的詮釋與運用，例如以他的傳記拍成電影時，取名為「原鄉人」，意指他是「回到中國原鄉」尋根的人。這個「原鄉」形象，在陳

映眞的書評〈試評《夾竹桃》〉裡，意義則完全顚倒過來。單看陳映眞的題目「原鄉的失落」，就不難明白。但也因爲陳映眞認眞批判了鍾理和的「認同危機」與「殖民地作家性格」，使得鍾理和在九〇年代新一波的後殖民論述上，依然炙手可熱。

固然這幾場論爭不論內容如何，一直被稱做是「意識形態」的紛爭。但如果它們眞造成鍾理和文學的逐步經典化，到底這些論述與鍾理和作品有什麼關係，又是怎樣的關係？七〇年代以降幾場重要文學論戰的內容，從「社會意識」、「民族意識」到「後殖民論述」，正好十分貼合地，可以依序對照鍾理和文學最重要的三個面向。我們展讀鍾理和作品的同時，剛好可據以探索他在台灣文學史的歷史位置。特別是到了「後殖民論述」興起的九〇年代末，鍾理和文學亦有其「後殖民特性」。鍾理和固然被一些文學史定位成「鄉土作家」，其實他更是身處「日本殖民時代」，以及「之後」的台灣五〇年代的重要作家。

一、鍾理和文學與社會意識

鍾理和文學中的社會意識開始被提出來，並加以強調，時空背景已到台灣七〇年代初期。七〇年代做爲一個「文學時期」，論者認爲是相當「完整的十年」，因它始於1970年釣魚台事件：彌漫於台灣社會的西化意識，逐漸被因此而起的一股強烈「中國民族意識」所取代；加上

一連串國際外交上的重大衝擊：中美建交，台灣退出聯合
國，促使知識分子紛紛要求立足台灣，參與社會改革，直
發展到1979年底的「美麗島事件」劃下句點。兩個事件，
正好一頭一尾，很好地說明了七〇年代台灣所處的國際局
勢與社會背景。就在這樣的環境下，台灣文壇也正好一前
一後，產生了兩場規模不小的文學論戰。

　　前一個論戰發生於1972年，由關傑明、唐文標等，分
別從《中國時報》、《文季》、《中外文學》上開打，打
擊的對象是台灣現代詩，指責現代詩的逃避現實、虛無、
敗德，沒有社會意義。這場中心思想明顯在批判盛行於六
〇年代的「現代主義」西化思潮，一般簡稱爲「現代詩論
戰」。後一場規模更大——1977年的「鄉土文學論戰」，
從陳映眞、王拓、尉天驄，到葉石濤、彭歌、余光中、朱
西寧，因許多人加入而形成幾個不同的論戰陣營。施淑說
得好，這是台灣文學史上一場「文學與現實及歷史的大規
模對話」。[2]

　　1972年的現代詩論戰乍看似與鄉土文學論戰不相干，
其實不然。這場論戰就其思想內容來看，其實正是鄉土文
學論戰的先鋒，像是爲第二場打頭陣的，可算是七〇年代
整個文學論戰的上半場。例如關傑明批評台灣現代詩一味
生吞活剝西方技巧的皮毛，「是文學殖民地主義的產品
……永遠只有模仿、抄襲、學舌。」而唐文標一系列論

2　施淑：〈現代的鄉土——六、七〇年代台灣文學〉，《兩岸文學論集》(台北：新地文學
　　出版社，1997)，頁308。

文，從〈詩的沒落〉到〈僵斃的現代詩〉，產量雖多且長，火力旺盛，中心思想其實簡單：他就是以文學的社會功能論，批判「腐爛的藝術至上論」：

> (詩人)他們生於斯，長於斯，而所表現的文學竟全沒有社會的意識，歷史方向，沒有表現出人的絕望和希望。每篇作品只會用存在主義掩飾，在永恆的人性、雪啦夜啦、死啦血啦，幾個無意義的習用語中自瀆。[3]

另一個例子也頗能證明「現代詩論戰」只是七〇年代「上半場」的，是唐文標在這一系列痛打台灣現代詩的過程中，並非光是破壞而沒有建設——他儘管罵盡現代詩的不是，卻於論戰中間找來一個本省小說家鍾理和，用他的話，「是南台灣一個草地郎」，敲鑼打鼓推崇其作品的好處，這就是刊登在《文季》第二期(1973年11月)的〈來喜愛鍾理和〉：

> 由於中國文學一向都是由士大夫以至於「都市才子」的拿手好戲，文學的偏食症候極為嚴重，鍾理和的「農民文學」因此顯得特別珍貴，通過鍾理和，我們希望了解五十年代的台灣農村生活，他的

3　唐文標：〈詩的沒落〉，原載《文季》季刊第一期，後收入《天國不是我們的》(台北：聯經出版公司，1976)，頁190。

小說也必然有一定的文學以外的社會價值吧。[4]

這樣的意見可說是他批評現代詩「沒有社會意識」的翻版。做爲台灣七○年代一個左翼文藝理論的提倡者，就當時的整個文化環境來說，唐文標扮演了「旗手」的角色，其姿勢相當醒目，影響力尤其可觀。

從一則鍾理和日記，同樣能看到他「社會意識面」的思想傾向：

> 我讀過林語堂的《吾國吾民》、《啼笑皆非》及目下在讀第二遍的《生活的藝術》而深深地覺得林語堂便是這樣的一種人，這種人似乎常有錯覺，當看見人家上吊的時候，便以爲那是在盪鞦韆。[5]

帶著這樣的思想傾向，鍾理和寫的短篇《故鄉》系列，展現的是他戰後從北平回到南台灣，所看到的農村凋敝委頓的悽慘景象：

> 火車外「一望無際的田疇，全都氣息奄奄，表明稻子正在受病。車中人(農民)像守在臨終前的親人床邊似的，迷惘地眺望著展開在車窗外的田野」。

4　首刊《文季》，筆名史君美，後收入《鍾理和殘集》，頁260。
5　《鍾理和日記》，鍾理和全集之六，台北：遠行出版社，1976年，頁177。

這是他回到故鄉〈竹頭庄〉揭開故事之前描寫的旅途風景。

《故鄉》系列的第二篇〈山火〉，又是「一個悽厲的觸目驚心的場面」。鄉人出於「愚蠢的迷信」，到處自己縱火燒山，所以鍾理和回到久別的家園，看到的是：

> 沒了枝葉，已失去本來面目的相思、柚木、大竹和別的樹樹木木，光禿禿地向天作無言的申訴。在它們的腳邊，山岡冷冷地展現著焦頭爛額的灰黑色的屍骸。

這些對台灣農村的深入觀察，注意到鄉村凋敝的現實面，而不是一味跟著政府宣傳的，呈現處處「樂利豐收」，卻與事實不符的塗粉彩寫法。也是鍾理和文學這些特徵，才構成唐文標等人所提倡的：寫具有社會意識的文學；是腳踏在這個有泥土的地面的，「是由這個社會產生的」，他說了大多數農民想要說的話。

在七〇年代兩個論戰之間，當時正在台南成功大學執教的張良澤，尤其是鍾理和文學的熱心推廣者。光在1973及1974這兩年，他就寫了下面這一系列論文：

1. 〈從鍾理和的遺書說起：理和思想初探〉《中外文學》1973年11月

2. 〈鍾理和的文學觀〉《文季》1973年11月

3.〈鍾理和作品概述〉《書評書目》1974年1月

4.〈鍾理和作品中的日本經驗和祖國經驗〉《中外文
學》 1974年4月

　　就角色功能而言，張良澤與唐文標最大的不同，是前
者把鍾理和作品從一般性的小說提升到大學中文系的講
堂。唐雖然也是教授，但他教的是數學，不像張良澤可以
名正言順在成功大學中文系成立「鍾理和研究會」，可以
在學校的系報出鍾理和專輯，甚至1973年暑假，在台灣大
學給中文系師生做專題演講。在鍾理和文學發展史上，
尤其編輯出版推廣其作品，六〇及七〇年代，各有一個

《鍾理和論述》，應鳳
凰編著

大功臣，前者林海音，後者張良澤。
有意思的是台大中文系這場演講，是
「研究生以上才有資格聽講」的，從
聽眾間有人問「鍾理和是哪個朝代的
人？」的現場情況，我們不難從這冰
山一角明白當時台灣的中文系教育，
與台灣當代文學是處在何等陌生及隔
膜的狀況。

二、鍾理和作品與中國民族認同

　　七〇年代上半場的現代詩論戰，提倡「社會意識」或
左翼理論，與鍾理和文學的關係已如上述。現在挪到下半

場的「鄉土文學論戰」——它所激發的幾個主題，除了上述「社會意識」之外的「中國民族意識」，與往後八○年代的論戰及思潮更息息相關，不但是後來「台灣結」、「中國結」論戰的源頭，也是以後各方談民族認同的開始。

　　幾本文學史書都把「鄉土文學論戰」的起點，從余光中登在聯合副刊那篇短文〈狼來了〉(1977/8/20)算起。這樣的說法，並沒有堅實的研究作基礎。筆者認為正確「鄉土文學論戰」的起點，應該再往前提三個月——應該從葉石濤在《夏潮》第14期發表〈台灣鄉土文學史導論〉算起。論文發表於1977年5月1日，文章刊出的同時，論戰就算正式開場了。隔月陳映真針對本文而寫的〈鄉土文學的盲點〉，代表戰場上已燃起熊熊戰火；至於余光中、彭歌等人的文章，只能說他們又拉開了另一條戰線。我們從九○年代有利的歷史角度往回看，就知道葉陳的才是論戰主線，以後二十年的論文，不但頻頻引用他們的文章，八○年代幾場論戰，主要也從這裏延長。

　　葉石濤的〈導論〉，主要在說明台灣鄉土文學的長遠歷史，以及以「台灣意識」為核心的文學史觀。文章一出，立刻受到陳映真的抨擊，他發表〈鄉土文學的盲點〉，認為台灣文學的反帝反殖民特性，屬於第三世界文學，是中國文學的一部分；他更強調的是「中國民族意識」，並批判葉的「台灣意識」之說，是「用心良苦的分離意識」。這時候，我們看到釣魚台事件以來，一直主導

七〇年代文化思潮的「中國民族意識」，與鄉土文學論戰的關係。事實上，就在葉陳論戰的同時，「中國民族意識」論述還觸及對具體文學作品的批判，這就是刊在《現代文學》復刊號第一期(1977/7/1)，陳映眞寫的〈試評《夾竹桃》〉。

　　說來也巧，七〇年代的「現代詩」及「鄉土文學」兩場論戰，在上下場分別挑起論戰戰火的兩位主將：唐文標與陳映眞，都在戰火最炙之際，找了鍾理和作品來做爲他們提倡社會意識與民族意識的實例。換句話說，七〇年代文學思潮最重要的兩個面向——社會意識與民族意識，在鍾理和文學中都有可觀之處。當然，1977年陳這篇，與1973年唐文標那篇最大的不同，在後者的例子是正面的，是拿鍾的作品來提倡、支持「社會意識」的；而陳映眞是以《夾竹桃》做爲論述的反面例子，光從題目「原鄉的失落」就十分清楚。

　　鍾理和的《夾竹桃》寫於1944年，用「江流」的筆名，1945年4月由北平馬德增書店出版，是他生前唯一親見出版的一本小說集。寫作的時間很重要：1944年中日戰爭尙未結束，我們雖認定鍾理和是戰後五〇年代的重要作家，但這本書卻是他唯一的戰前作品。又由於寫的是當時經歷，也就是淪陷時期的北平生活，在鄉土意識高漲以後的台灣，很少評論家談論這部作品，大半史書如果必須提到，特別是大陸的評論者，一概以早期作品技巧尙未成熟一筆帶過。

　　《夾竹桃》是北平版的首篇，全文約三萬五千字，算是比較短的中篇小說。小說寫一個北京大雜院裏，幾戶人家的生活。既是透過作者主觀的眼睛所看的世界，也有幾分受魯迅思想影響的社會主義色彩；鍾理和借了小說主角──一個「來自南方」的知識分子的冷眼旁觀，從情節與對話，直接間接批評了北平人性格中的陰暗面，諸如他們的貪婪自私、貧困髒亂、虛榮與好鬥。

　　陳映眞是戰後極少數特別注意到這篇小說的評論者。他用了將近一萬字的長文，「批判和分析」鍾理和的「錯誤」，認爲鍾「慊慊然欲自外於自己的民族和民族的命運」；認爲「地主階級出身的」鍾理和，「對自己的民族完全地失去了信心」，他的民族認同，因此「發生了深刻的危機」。[6]

　　所以，陳映眞的結論是，鍾理和對中國的命運和問題沒有理性的認識，看不見「隱藏在其中的中國的正體」。中國的殘破和落後，是因爲中國「正在和外來帝國主義，內在的舊勢力作著最艱苦的搏鬥」，正在承受「必要的陣痛」。陳映眞把鍾理和作品歸入他分成三類殖民文學中的第二類──這類作品總括的說，就是「喪失了民族自信心」的殖民地知識分子的作品。

　　這篇書評實在是七〇年代一個很好的實例，用來說明「中國民族意識」如何做爲一種意識形態，而成爲一把文

6　陳映眞：〈原鄉的失落──試評《夾竹桃》〉，收入《孤兒的歷史，歷史的孤兒》，台北：遠景出版社，1984年。

鍾理和

鍾妻鍾平妹

學批評的利器。想想看，鍾理和是迢迢從台灣去大陸，是親自在北平生活了六年，依據本人生活經歷寫出來的作品。而陳映眞寫這篇評的時候，還沒有去過大陸——他說鍾理和「看不見中國的正體」，而從未踏進北平一步的陳映眞，反倒能看見。到底誰的「民族意識」才是全憑想像的？

鍾理和如果不是對中國民族太有自信心，也不會在同姓婚姻受阻之後，帶著鍾愛的妻子離開故鄉直奔大陸；他有完整高小日文教育，語言既沒有障礙，很可以像其他留學生一樣跑到東京去。況且，除非陳映眞的潛意識裏不認爲鍾理和與北平人一樣是中國人，否則中國人性格的陰暗面，難道是不許批評的？事實上，一個受的是殖民地現代教育，二十六歲才第一次到北平的青年作家鍾理和，以他短短六年的生活與觀察，便能寫出像《夾竹桃》這麼一部對中國民族性的觀察如此敏銳的作品，實在是他才華出眾的證明。有意思的是，北平人本身，不但沒有像陳映眞批評的，認爲這麼寫是「喪失批評者自己做爲中國人的立場」，正相反，大陸學者在總結鍾理和文學的時候，反認爲他的思想特點正是「強烈的民族感情」，因爲鍾的前半生「都生活在日本帝國主義

統治下的地區，他深知中國人民在帝國主義統治下的苦
難」。[7]

我們回顧台灣文學史歷來的小說作品，《夾竹桃》可
說是極少數，由台灣作家在戰前寫出北平生活，仔細觀察
北平社會的小說。陳映真在論文中也肯定其「現實性」：

> ……這大雜院裏充滿著不堪的貧困和道德的頹
> 敗──吸毒、自私、偷竊、幸災樂禍、賣淫和懶
> 惰。如果這就是大雜院；就是當時的北京城；就是
> 當時的中國，沒有人應該對它的現實性有絲毫的懷
> 疑。(頁98)

依據唐文標前面提倡的「社會意識」標準，正是珍貴
的歷史與社會記錄，引唐的句子：「鍾理和小說中，寫出
了一些窮苦的生命，寫出了中國貧窮的歷史故事。」

以現實性來看《夾竹桃》，它正是一部不折不扣的寫
實小說。從小生活在台灣農家的鍾理和，很難得的，由於
進過漢學堂，不但有能力駕馭流暢的中國語文，更善用農
村中動物植物的精彩譬喻：

> 他們是生長在磽瘠的砂礫間的，陰影下的雜草。他
> 們得不到陽光的撫育，得不到雨露的滋養。(《夾竹

7　潘翠菁：〈台灣省作家：鍾理和〉，北京：《文學評論》雙月刊，1980年第二期，1980
　年3月15日出版，頁133。

桃》，頁11)

他們忍耐、知足、沉默。他們能夠像野豬，住在他
們那已昏暗、又骯髒、又潮濕的窩巢之中，是那麼
舒服，而且滿足。(頁3)

他們不怨天、不尤人，而像一條牛那麼孜孜地勞動
著，從不知疲倦。(頁17)

　　陳映真對這篇小說的另一大批評是：鍾理和用了太
多「他們」。出現這麼多「第三人稱的多數總稱『他
們』」，造成「實際上生活在大雜院中的」鍾理和，與他
所描繪的對象「隔離開來」，而成為一個「旁觀的人」。
　　重新閱讀《夾竹桃》，實在看不出作者成為「一個旁
觀的人」有什麼被批評的理由。鍾理和在小說中清楚寫著
男主角曾思勉，是「由南方的故鄉來到北京」。既然小說
主角另有自己的故鄉，自然，而且當然到了北平成為一個
旁觀者，不能說這樣就是「自外於自己的民族」。
　　前面已經提過，整個七〇年代，討論到或讀到《夾竹
桃》的人畢竟不多，大多數讀者心目中的鍾理和，除了是
位寫鄉土小說的作家，更是帶著妻子迢迢投奔大陸原鄉的
「原鄉人」。前面已說明七〇年代是一個「中國民族意
識」彌漫與主導的年代，所以多數人不是根據他的文章，
而是他的行為，來解讀鍾理和。這種解讀法極明顯的例

子，就是七○年代尾端根據鍾理和一生故事開拍的傳記電影。由李行導演，秦漢與林鳳嬌主演的影片，片名即取作「原鄉人」，以「原鄉」做爲鍾理和傳記或人格的最高表徵——強調作家不顧一切投奔他所慕戀的文化原鄉：中國。這與他衝破封建枷鎖，帶著戀人私奔，同樣富於傳奇性同樣浪漫，甚至更爲浪漫，否則不會做爲片名，或成爲拍片的理由。

七○年代的鍾理和文學，既有學者的肯定，電影又吸引讀者大眾眼光，也促成「鍾理和紀念館」從初步構想到捐地、捐款、破土典禮等過程，在八○年代初一一完成。可以說，就是在這麼一個盛行鄉土文學作品，也彌漫中國民族意識的年代，同時具有這兩樣文學特性的作家鍾理和，終於在他成長的家園土地上，豎立起戰後台灣作家第一座文學家紀念館。這是所有五○年代戰後作家都沒有的殊榮。這樣的熱鬧與風光，跟他在五○年代活著時候的冷落寂寞，成了強烈的對比。

三、鍾理和文學與後殖民論述

七○及八○年代台灣特殊的背景與文藝思潮，可以充分對照鍾理和文學的「社會意識」、「民族意識」已如上述。唯其文學中的第三個面向——也是經歷日據時代之戰後作家最爲可觀的一面——其文學的「後殖民」性格，較少受到注意。儘管九○年代以降，部分學者已開始了台灣

文學的後殖民論述，但皆未留意到鍾理和文學所提供的，屬於台灣背景所特有的實例。近年歐美風起雲湧的後殖民理論，基本上脫胎於西方背景，特別是英法等十八世紀以降的殖民歷史，應該說，這些理論是從歐美殖民歷史「生長」出來的。台灣狀況很不一樣，從鍾理和的例子，可以看出其文學的「後殖民性格」有其特殊的複雜面。

陳映真寫於1977年的〈試評《夾竹桃》〉，是戰後台灣文壇較早注意到台灣文學的殖民地性格，甚至可以說，它是最早關注台灣文學後殖民論述的一篇論文。陳文一開頭，就把殖民地文學分成三大類：

第一類是殖民者的文學，亦即帶著「人種和文化上的優越意識」而寫的作品。

第二類是「被殖民者」的文學，他們受了殖民者的教化，「看不見他自己民族的立場，從而拒絕和自己的民族認同」的文學。(他把《夾竹桃》就歸在這一類)

第三類才是他所肯定的，「以摯(爇)熱的愛……揭發那殘破和落後」的「積極介入」的文學。陳映真作此分類的同時，可說也精闢而有力地凸顯了台灣文學，包括戰前與戰後的殖民地文學特質。

九〇年代台灣的後殖民論述大體上承襲西方的後殖民思潮。論者最常引用的《帝國大反撲》，這本純以英語世界殖民文學為基礎及理論的著作，單就西方殖民的狀況來分類，很巧，與陳映真有類似的分類法：

第一類是代表殖民主語言及文化，包括君臨殖民地的

一些探險家、旅行者等，描寫當地民俗風光的作品。舉台灣的例子，應該就像西川滿等日本作家寫的，歌詠台灣風光的詩文。第二類是當地人在受了殖民教育之後，以殖民主的新語言寫出的，受殖民主肯定的作品。台灣的現成例子，應該是日據下的「皇民文學」作品，如陳火泉的《道》、周金波的《志願兵》。第三類才是殖民地作家在去除殖民主的語言文化影響之後，呈現其本土(獨立的)文化傳統的作品。

　　仔細檢視西方殖民理論，這三類的分法，其實也在說明整個殖民文學形成的過程——先有殖民主的教化，後有受教化殖民地知識分子的形成與追隨。看得出來，這些知識分子或理論家在殖民「之後」，如此細緻的檢視「被殖民者」與殖民主之間區別的語言文化，目的很明顯：是要在自己身上「去殖民化」，是有意識的在分辯兩者不同的文化傳統之後，殖民地本身的文化特色才能凸顯出來。

　　比較之下，尤其從鍾理和的例子，我們就知道台灣文學的「殖民性格」要比前述的西方理論複雜得多。台灣殖民的狀況，不只單純的在政治上有「殖民與被殖民」的日台關係，若要加上語言與文化傳統，還必須添上夾在中間的，影響十分龐大的「中國語言文化」在當時所形成的：日本—台灣—中國，緊緊結合而成的三角歷史關係。我們看《夾竹桃》就是最好的例子。

　　《夾竹桃》寫於1944年。這一年正是中國對日抗戰的後期，換句話說，戰爭還沒有結束，這時候的北平，正是

所謂的「淪陷區」──跟台灣一樣，也正是日本人的殖民
地；不一樣的只是，台灣被日本殖民的歷史，要「資深」
得多，已經快五十年。必須先理解這個歷史背景，才能深
入閱讀鍾理和文學。從小受過日本語言及文化教育的鍾理
和，在當時北平人眼中，固然是台灣人，但更多時候，他
被中國人當成日本人看待，這類狀況鍾理和在北平寫的一
篇〈白薯的悲哀〉裏，有生動的描寫：

> 例如有一回，他們的一個孩子說要買國旗，於是就
> 有人走來問他：「你是要買哪國的國旗？日本的可
> 不大好買了！」又有這樣子問他們的人：「你們吃
> 飽了日本飯了吧？」又指著報紙上日本投降的消息
> 給他們看，說：「你們看了這個難受不難受？」
> （《鍾理和集》，頁95）

　　再回頭看《夾竹桃》，以及陳映真所批評的作者之殖
民地性格。

　　必須認清的是，鍾理和雖來自使用日文的台灣，卻不
是用殖民主的語文：日文，而是用「被殖民者」的中國白
話文寫出這篇小說的。因此，十分弔詭的，《夾竹桃》
可就前述殖民理論所加的語言文化不同角度，對作者的
殖民身分做不同詮釋：鍾理和既可以屬陳映真所說的第
一類「帶有人種和文化上的優越意識」，也可以屬第三
類：「積極介入」「以摯(炙)熱的愛……揭發那殘破和落

後」。

至於陳映真認為鍾所應屬的第二類，「看不見他自己民族的立場，從而拒絕和民族認同」的「被殖民者的文學」，筆者認為倒還頗有討論的空間。首先，前面已提到，就1944年「北平淪陷區」的時間空間座標來看鍾理和，特別由其被當地人看做日本人的身分立場，他雖用中文寫作，斷不是「被殖民者」的文學。陳映真在文中批評殖民地知識分子的認同危機時，是這麼說的：

> ……於是有一部份(分)人拼(拚)命地使用殖民者的語言，穿著殖民者的服飾，模仿殖民者的生活方式和一切的文化，鄙視和輕賤自己的同胞，一意要按照殖民者的形象改造自己。(頁107)

這樣的批評對象，令人立刻聯想到吳濁流寫的〈先生媽〉裏頭，那位鎮日穿和服，使用日本姓名的「先生」；或者陳火泉在日據時期用日文寫的長篇《道》中那位主人公，如何刻苦努力要將自己改造成真正的日本人。然而這些批評，無論如何都輪不到鍾理和。鍾理和的人與作品，既不「使用殖民者的語言」，更不「模仿殖民者的生活方式和一切的文化」。相反的，鍾理和一直仰慕嚮往的，是與他同一血緣的漢族文化。

是的，陳映真頗有創意的題目「原鄉的失落」，也許並沒有說錯。當鍾理和帶著炙熱的仰慕投奔而去，當他還

沒有眼見北平的情況時，也和當年陳映真寫評的時候一樣，因滿懷的民族意識而抱著美麗的國族想像。然而他在北平目睹各處的「貧困、饑餓、道德敗壞、愚昧、迷信和疾病」之後，他的「原鄉」失落了，他的國族想像幻滅了。《夾竹桃》的男主角於是產生了下面的「民族認同危機」：

> 曾思勉對這院裏的人，甚為不滿與厭惡，同時，也為此而甚感煩惱與苦悶，有時，他幾乎為他自己和他們的關係，而抱起絕大的疑惑。他常狐疑他們果是發祥於渭水盆地的，即是否和他流著同樣的血、有著同樣的生活習慣、文化傳統、歷史與命運的人種。（《夾竹桃》，頁13）

這樣的認同危機是怎麼產生的？最直接的答案就是：根本不必狐疑，他身上的確是「有著不同的歷史與文化傳統」。陳映真在評文中說得好，鍾理和原是「從一個比較近代化、比較合理化的社會，進入一個前近代的、半封建的，甫為日本殖民地」的中國；「在這樣一個社會中成長的鍾理和，便具有一個近代社會中的人的一些價值觀」。（頁105）

如果說，鍾理和與中國民族之間有所謂「認同的危機」，他與台灣之間卻沒有相同的問題。相反的，在兩相對比下，他開始懷念台灣的鄉親，並促成他構思了一個帶

有烏托邦色彩的長篇小說《笠山農場》。

> 在《夾竹桃》中，鍾理和如此寫他的主角，同時表
> 達自己：「當他由南方的故鄉來到北京，住到這院
> 裏來的時候，他最先感到的，是這院裏人的街坊間
> 的感情的索漠與冷淡。一家一單位，他們彼此不相
> 聞問……」(頁15)

> 富有熱烈的社會感情，而且生長在南方那種有淳厚
> 而親暱的鄉人愛的環境裏的曾思勉，對此，甚感不
> 習慣與痛苦。(頁16)

前面引用的句子，古添洪在他的論文中，認為代表了
作家鍾理和的「社群理念」，這樣的社群理念正是從北平
的疏離生活中產生的，既影響他寫《笠山農場》，使它增
添了烏托邦色彩，也決定了《夾竹桃》在內容上及形式上
的走向：

> 這社群理念是他在客家社群裏，在笠山農場墾拓的
> 經驗中孕育而稍為加以烏托邦化的產物。這烏托邦
> 化的心理過程，可以從《笠山農場》寫作的時空距
> 離來解釋：鍾理和在生活疏離的北京時期曾草稿了
> 四章，我們不妨認為他那時已有整個腹稿，而正式
> 寫作時的1955年，美濃笠山農場已經不復了。這

　　　　「疏離」與「懷舊」，爲《笠山農場》披上烏托邦

　　　　的色彩。鍾理和的《夾竹桃》與《笠山農場》應兩

　　　　兩對讀，讓他們對話，才能充分獲得欣賞。[8]

　　古添洪進一步認爲《笠山農場》這部小說，是鍾理和
社群理念的具體表達，「在其中刻畫了群的歡娛，勞動的
樂，人際間親暱的關係(包括男女間、女子間、主僕間)，堅毅與
自力更生。」(頁81)

　　此時我們比較鍾寫的兩個不同社群：一個是寫北平大
雜院生活的《夾竹桃》，一個寫台灣南部耕種咖啡，與世
隔絕的《笠山農場》，就很明白鍾理和的社群認同，並沒
有像陳映眞說的，所謂「喪失民族自信心」的問題。倒是
陳的詮釋，無心暴露了，籠統的把殖民主義一概歸之爲帝
國主義的，左翼理論本身的問題。殖民者蠻橫的掠奪壓
制，固然是帝國主義，但殖民時代因語言文化產生的影響
十分複雜，恐怕應該更細緻看每一個不同的實例。

　　關於《笠山農場》這本構思於四〇年代北平，完稿於
五〇年代台灣(1956年得國民黨文獎會長篇小說獎)，自費出版於六
〇年代初(作者去世一周年)的長篇小說，當它隨著全集再版，
受到一般讀者注意的時候，已經是鄉土文學興盛的七〇年
代。更有意思的是，小說故事的時空背景比這一切都更
早，寫的是日據下的三〇年代——除了南台灣農村的鄉土

8　古添洪：〈關懷小說：楊逵與鍾理和——愛本能與異化的積極揚棄〉，收入彭小妍主
　　編：《認同、情慾與語言》(台北：中央研究院中國文哲研究所，1996年)。

背景，主題及情節卻是鍾理和自傳性
的同姓婚姻。我們對照鍾埋和在1932
年(十八歲)時協助笠山農場，認識並愛
上鍾平妹，到小說結局男女主角雙雙
私奔──鍾理和帶平妹離開台灣時正
是1940年。

　　換句話說，這本書若以「構想在
北平時期」為中心來看，它是完稿於
北平時期之後，所描寫的時空背景，
卻又在北平時期之前。這樣的以日據
時代為背景的小說，在民族意識高漲
的七、八○年代，逐漸成為眾家討論
的議題。我們繞了一圈仍然回到鍾理
和文學的「後殖民性格」。

　　前面已提到，唐文標批評這篇以
日據為背景，自傳性為主的愛情小說
是：「世界觀太狹隘，只能在個人的
愛情生活中轉迷宮……」同類的批
評，也出現在1977年《台灣文藝》的
〈鍾理和作品研究專輯〉上。葉石濤
在與張良澤的對談中如此評論：

《笠山農場》

　　　　他把全副精神都放在牧歌式的戀情上，……「抵
　　　　抗」不夠，這篇小說的架構就脆弱了。雖然《笠》

是得獎的作品，但是爲了得獎而顯得畏畏縮縮，顯
得不夠勇敢是不應該的。(頁12)

我們讀了七○年代各家批評，不免感慨，「殖民地作
家」眞是難當──《夾竹桃》批評得太多，《笠山》批評
得太少，都成了批評家的箭靶；「太勇敢」或「太不夠勇
敢」都顯得可疑。

不過到了九○年代，葉石濤對《笠山農場》又有新的
詮釋。他認爲，這部小說之所以沒能反映殖民地統治的現
實，甚至『連一個日本人的影子也找不到』，眞正的原因
是：

五○年代白色恐怖的時代風暴，使鍾理和的小說世
界變形，他放棄了嚴正的主題，只在狹窄的人性領
域裏耕耘。……很明顯地，鍾理和設計排除了這篇
小說的民族矛盾的介入。……這也是在那個時代作
家得以生存下去的最重大條件。(頁78)

五○年代作家鍾理和再次證明他在台灣文學史上地位
的特殊性──他被「殖民教化」給塗在身上的色彩，還不
是一次，而是雙重的──陳映眞批評他受了日本人殖民教
化，不能與自己中國民族認同，這是他身上第一層殖民地
作家性格。等到解嚴後台灣九○年代，葉石濤又指出鍾理
和身上另有第二層的「殖民性格」：他在一個威權統治，

國家機器以高分貝提倡國家意識形態
(Official Nationalism)的五〇年代，必須扭
曲自己的寫作風格，以求生存。即使
他寫作期間，已是在日本殖民政府離
開「之後」，即使整個台灣社會從這
角度看，已經「去殖民」，即使他在
語言的即刻轉換上，並不像其他日據
下的台灣作家那麼困難。

《鍾理和集》

四、文學史敘事與鍾理和文學位置

如果說鍾理和是台灣文學史上極具代表性的作家，最
突出的部分，應該是他身上這些與台灣殖民地歷史無法分
開的，所謂的殖民地作家性格。台灣文學的獨特性其實也
在這裏：不論相對於第一世界，或相對於中國大陸文學，
這漫長的，繁複多變的殖民歷史，在在使台灣文學有其獨
一無二的風格特性，無法成為「中國文學的一環」。

至於把台灣納入十九世紀以降西方帝國主義所侵凌的
各弱小民族，所謂第三世界文學的一環，台灣的情況與
他們又有很大不同。我們看《帝國大反撲》[9]這本書所寫
的，龐大的英語世界所遭受的殖民狀況，以及因之而誕生

9　Bill Ashcroft, et al.《The Empire Writes Back: Theory and Practice in Post-colonial
　　Literatures》, London: Routledge, 1989.

的整個「後殖民」理論：他們強調的是英語(殖民主語言)背後所夾帶的無所不在的文化力量，包括它無形中對殖民地土著文化傳統的摧殘。建構後殖民理論很重要的一本書，薩依德1978年出版的《東方主義》，便是分辨出殖民者在政治經濟手段之外，其實還有另一隻看不見的黑手，那就是透過語言、學校、教科書、博物館等等無形的教化，建構出一套「現代知識」，這套知識逐漸告訴你，西方文化是好的，本土傳統是次等的；薩依德既看出這套知識與真實世界有一段距離，也告訴讀者這套知識是怎麼建構出來的。

　　台灣與第三世界國家如印度、非洲等殖民經驗，最明顯不同，當然是他們受英、法等歐洲文化殖民，而台灣殖民主帶來的語言卻是日語。不同殖民者自然帶來不同的殖民手法，東方與西方，差異之明顯是毋庸置疑的。就英語世界「後殖民理論」建構的歷史背景來看，台灣的「後殖民」情況也非常特殊──他們是殖民主離開，政權獨立後，知識分子才逐漸建構起有別於過去殖民史的本土文化。

　　台灣的殖民背景與歷史，比較上更複雜而多變。最大的不同是──1945年日本殖民主殖民了五十年離開之後，台灣即刻「回歸祖國懷抱」，由遠在南京的新政府派官員來「接收」──就實質的情況看，這是由一個新殖民政府接上一個舊的殖民政府。於是，本地知識分子還來不及思考身上的殖民色彩，新的政府已經帶來大批「消毒人

員」，不由分說，快速的在這片土地上努力「去殖民」，
國民黨在五○年代全力「推行國語」，並透過種種法令規
章，消除日本文化在台灣的影響與遺留，是最好的說明。
可惜，這個「南京政府」才過了四年，就輪到它「投進台
灣的懷抱」，1949年國民黨丟掉了中國大陸，整個政權不
得不轉移到小島台灣──很多人因此認為，五○年代的國
民黨政權既沒有另外一個母國可回，它對台灣這塊土地，
就不該叫做「殖民」。

■結語

從這些例子，看到台灣歷史背景的特殊性──台灣文
學與第三世界文學的歧義處，如此複雜的「雙重殖民」，
正是它獨特的地方。西方後殖民理論儘管是西方殖民歷
史的產物，對台灣不見得合用，但有一個基本原則是通
的──「被殖民國家」在形成「後殖民理論」的過程，燭
照了殖民主在文化上威權的，鴨霸的嘴臉：因精神層面的
殖民，不像軍事或經濟手法一樣，很容易讓一般人看得清
楚。我們正好可以拿他們洞見威權(Hegemony)的蠟燭，來照
看台灣文學歷史上，幾次意識形態的變遷或建構的過程。

近幾十年台灣文壇儘管經歷幾次論戰與意識形態的變
遷，鍾理和握筆在文學園地裏認真、嚴肅耕耘的身影，經
歷幾場風雨吹打，影像反而更為清晰。也可以說，是他對
「文學」二字的嚴肅態度，激發他創作了不僅具個人風

格，更代表台灣這塊土地特性的作品。一個社會的文學思
潮，可以隨著時間改變而吹著不同的風向，然而做為好
的，嚴肅文學作品的本質條件應該是不變的。現在回首五
〇年代，不論省籍，究竟剩下幾個名字還留在台灣文學史
上閃亮？那幾千萬字為追隨國家意識形態而寫的反共詩歌
與小說，還留下幾部經典作品？文學究竟不能只是意識形
態的工具，它還有許多別的東西。尤其鍾理和，他對文學
的態度太認真了，必不肯輕易把文學當成工具——他是整
個把生命獻給文學的「倒在血泊裏的筆耕者」，在1960年
生命的最後一刻，倒在稿紙上咯血去世——應該是這樣的
形象，這種以生命對待文學的嚴肅態度，使他的名字在台
灣文學史頁上逐漸鮮明巨大，尤其在那整個提倡文學為國
家意識形態服務的台灣五〇年代，「血泊」所象徵的，並
非國家或意識形態，而是文學本身。既然是「文學的」歷
史，諸如意識形態等等文學以外的東西，恐怕不容易在這
樣的歷史上久留，從鍾理和的例子得到最好的證明。

參考書目

一、專書及文本

王鼎鈞：《文學江湖 ── 在台灣三十年來的人性鍛鍊》(王鼎鈞回憶錄四部曲之四)，台北：爾雅出版社，2009年。

柏楊口述，周碧瑟執筆：《柏楊回憶錄》，台北：遠流出版公司，1996年。

柏楊：《雲遊記》(諷刺小說)，台北：平原出版社，1965年。

柏楊：《雲遊記》第二集，(諷刺小說)，台北：平原出版社，1967年。

柏楊：《柏楊在火燒島 ── 寫給女兒的信》，台北：漢藝色研文化公司，1988年。

姜貴：《旋風》(長篇小說)，台北：明華書局，1959年。

陳之藩：《旅美小簡》(散文)，台北：明華書局，1957年。

陳之藩：《在春風裡》(散文)，台北：文星書店，1962年。

陳之藩：《劍河倒影》(散文)，台北：仙人掌出版社，1969年。

陳之藩：《陳之藩散文集》，台北：遠東圖書公司，1973年。

陳平原：《文學史的形成與建構》，南寧：廣西教育出版社，1999年。

陳國球：《中國文學史的省思》，台北：書林出版公司，1994年。

陳國球等編：《書寫文學的過去 ── 文學史的思考》，台北：麥田出版公司，1997年。

陳國球：《文學史書寫型態與文化政治》，北京大學出版社，2004年。

陳芳明：《台灣新文學史》，台北：聯經出版公司，2011年10月。

陳淑貞：《許達然散文研究》，台北縣政府文化局(北台灣文學96)，2006年12月。

彭瑞金：《台灣新文學運動40年》，台北：自立晚報社，1991年3月。

郭衣洞主編：《中國文藝年鑑一九六六》，中國文藝年鑑編輯委員
　　會，台北：平原出版社，1966年1月。

郭衣洞：《蝗蟲東南飛》(長篇小說)，台北：文藝創作出版社，1953
　　年。

郭衣洞：《辯證的天花》(短篇小說)，台北：中興文學出版社，1953
　　年。

郭衣洞：《魔鬼的網》(短篇小說)，台北縣：紅藍出版社，1955年。

郭衣洞：《周彼得的故事》(長篇小說)，台北：復興書局，1957年。

郭衣洞：《生死谷》(短篇小說)，台北：復興書局，1958年。

郭衣洞：《蒼穹下的兒女》(短篇小說)，台北：正中書局，1958年。

郭衣洞：《掙扎》(短篇小說)，台北：平原出版社，1959年。

郭衣洞：《紅蘋果》(神話)，香港：亞洲出版社，1959年。

鄧克保：《異域》(報導文學)，台北：平原出版社，1961年。

郭衣洞：《曠野》(長篇小說)，台北：平原出版社，1962年。

郭衣洞：《莎羅冷》(長篇小說)，台北：平原出版社，1962年。

郭衣洞：《怒航》(短篇小說)，台北：平原出版社，1964年。

郭衣洞：《秘密》(短篇小說)，台北：平原出版社，1965年。

郭良蕙：《心鎖》(長篇小說)，高雄：大業書店，1962年。

郭楓：《美麗島文學評論集》，台北縣政府文化局(北台灣文學51)，
　　2001年。

許達然：《含淚的微笑》(散文)，台北：野風出版社，1961年。

許達然：《遠方》(散文)，高雄：大業書店，1965年。

許達然：《土》(散文)，台北：遠景出版社，1979年。

許達然：《吐》(散文)，台北：林白出版社，1984年。

許達然：《水邊》(散文)，台北：洪範書店，1984年。

許達然：《人行道》(散文)，台北：新地文學出版社，1985年。

許達然：《同情的理解》(散文)，台北：新地文學出版社，1991年。

張秀亞：《水仙辭》(散文)，台北：三民書局，1973年。

雷銳：《柏楊評傳》，北京：中國友誼出版公司，1996年。

葉石濤：《台灣文學史綱》，高雄：春暉出版社，1987年。

潘人木：《如夢記》，台北：重光文藝出版社，1951年。

潘人木：《馬蘭的故事》(長篇小說)，台北：純文學出版社，1987年。

潘人木：《哀樂小天地》(短篇小說)，台北：純文學出版社，1981年。

潘人木：《蓮漪表妹》(長篇小說)，台北：文藝創作出版社，1953年。

潘人木：《蓮漪表妹》(增訂再版)，台北：純文學出版社，1985年。

鍾理和：《笠山農場》(長篇小說)，鍾理和遺著出版委員會印行，1960年。

鍾理和：《雨》(中短篇小說)，鍾理和遺著出版委員會印行，1960年。

鍾理和：《鍾理和短篇小說集》，台北：大江出版社，1970年。

鍾理和：《夾竹桃：鍾理和全集卷1》，台北：遠行出版社，1976年。

鍾理和：《原鄉人：鍾理和全集卷2》，台北：遠行出版社，1976年。

鍾理和：《做田：鍾理和全集卷4》，台北：遠行出版社，1976年。

鍾理和：《鍾理和日記：鍾理和全集卷6》，台北：遠行出版社，1976年。

鍾理和：《鍾理和書簡：鍾理和全集卷7》，台北：遠行出版社，1976年。

聶華苓：《葛藤》(中篇小說)，台北：自由中國出版社，1953年。

聶華苓：《翡翠貓》(短篇小說)，台北：明華書局，1959年。

聶華苓：《失去的金鈴子》(長篇小說)，台北：台灣學生書局，1960年。

聶華苓：《一朵小白花》(短篇小說)，台北：文星書店，1963年。

聶華苓：《愛荷華札記──三十年後》，香港：三聯書店，1981年。

聶華苓：《桑青與桃紅》(長篇小說)，台北：漢藝色研文化公司，1988年。

聶華苓：《鹿園情事》，台北：時報文化出版公司，1996年。

聶華苓：《三生三世》，台北：皇冠出版公司，2004年。

二、單篇論文

王集叢：〈郭良蕙「心鎖」問題與文協年會聲明〉，《政治評論》10
　　卷6期，1963年5月，頁17-18。

古添洪：〈關懷小說：楊逵與鍾理和——愛本能與異化的積極揚
　　棄〉，收入彭小妍主編：《認同、情慾與語言》，台北：中央研
　　究院中國文哲研究所，1996年。

羊子喬：〈談散文的意象——試評許達然散文集《土》〉，《書評書
　　目》第91期，1980年11月。

余光中：〈萬里長城〉，《聽聽那冷雨》，純文學出版社，1974年5月
　　出版。

余光中：〈剪掉散文的辮子〉，刊《文星》第68期，1963年5月，收入
　　散文集《逍遙遊》，台北：文星書店，1965年初版。

呂正惠：〈現代主義在台灣〉，《戰後台灣文學經驗》，新地文學出
　　版社，1995年。

呂昱：〈腳印的旅棧：談許達然的散文集《土》〉，《文學界》第11
　　集(秋季號)，1984年8月。

李源：〈一首現代社會的悲愴曲——評許達然的散文〉，《台灣文
　　藝》雙月刊，第112-113期，1988年7月及9月號。

施淑：〈現代的鄉土——六、七十年代台灣文學〉，《兩岸文學論
　　集》，台北：新地文學出版社，1997年。

柏楊：〈柏楊獄中答辯書之五〉，標題：「給台灣省警備司令部軍事
　　法庭的答辯書」，收入孫觀漢編《柏楊的冤獄》頁129-130，台
　　北：敦理出版社，1988年8月。

思果：〈「一星如月」讀多時〉，《文訊》(雙月刊)第18期，1985年6
　　月。

冒炘、趙江濱，〈現代生存的藝術反思：許達然散文論〉，《新地》
　　文學雙月刊第九期，1991年5月。

唐文標：〈詩的沒落〉，原載《文季》季刊第一期，收入《天國不是

我們的》，台北：聯經出版公司，1976年。

陳映真：〈原鄉的失落——試評《夾竹桃》〉，《孤兒的歷史，歷史的孤兒》，台北：遠景出版社，1984年。

陳國球：〈文學立科——「京師大學堂章程」與「文學」〉，《文學史書寫型態與文化政治》，北京大學出版社，2004年。

陳建忠：〈戰後台灣文學〉，《台灣的文學》，群策會李登輝學校，2004年5月初版。

黃碧端：〈水邊的寓言〉，台北：《聯合文學》第1期，1984年11月。

黃麗娜：〈充滿社會關懷的利筆——談許達然的散文集《水邊》〉，《國文天地》10卷6期，1994年11月。

郭衣洞：〈關於「郭衣洞小說全集」〉，《郭衣洞小說全集》(總序)。1977年8月出版第一批共五集，分別為《秘密》、《莎蘿冷》、《曠野》、《掙扎》、《怒航》，序文原刊1977年7月1日，台北：《愛書人》旬刊。

郭楓：〈人的文學和文學的人——許達然散文藝術初探〉，《新書月刊》第21期，1985年6月。

許達然：〈序〉，《台灣當代散文精選》上下冊，台北：新地文學出版社，1990年。

許達然：〈感到，趕到，敢到——散談台灣的散文〉，《吐》，台北：林白出版社，1984年。

許達然：〈《人行道》後記〉，《人行道》，新地文學出版社，1985年。

張曉風：〈常常，我想起那座山〉，《你還沒有愛過》，台北：大地出版社，1981年。

張誦聖：〈現代主義、台灣文學和全球化趨勢對文學體制的衝擊〉，《中外文學》月刊第35卷第4期，2006年9月。

張誦聖：〈文學體制、場域觀、文學生態：台灣文學史書寫的幾個新觀念架構〉，香港：《現代中文文學學報》6卷2期，2005年6月。

楊渡：〈冷箭與投槍——讀許達然散文的隨想〉，《台灣文藝》第95期，1985年7月。

葉石濤：〈台灣鄉土文學史導論〉，《夏潮》第14期，1977年5月1日。

葉明勳：〈序《異域》〉(金邊文學叢書)，台北：平原出版社，1961年8月初版。

潘翠菁：〈台灣省作家：鍾理和〉，北京：《文學評論》雙月刊，1980年第二期，1980年3月。

鄭明娳：〈代序 —— 談鑑賞散文的方法〉，《現代散文欣賞》，台北：東大圖書公司，1978年。

黎湘萍：〈時間的重軛——略談台灣文學之性格及其歷史成因〉，奈良：《中國文化研究》第24號，2008年3月26日。

鍾梅音：〈評《含淚的微笑》兼論許達然的散文〉，《幼獅文藝》134期，1965年2月。

蘇雪林：〈評兩本黃色小說 ——《江山美人》與《心鎖》〉，《文苑》2卷4期，1963年3月。

蘇雪林：〈致《自由青年》雜誌的一封信〉，《自由青年》335期，1963年3月。

謝冰瑩：〈給郭良蕙女士的一封公開信〉，《自由青年》339期，1963年5月。

聶華苓：〈寒夜‧爐火‧風鈴〉，刊香港《九十年代》月刊，1985年6月，收入《聶華苓札記集》，高雄：讀者文化出版公司，1991年10月出版。

三、學位論文

王萬睿：《殖民統治與差異認同 —— 張文環與鍾理和鄉土主體的承繼》，台南：成功大學台灣文學研究所碩士論文，2005年。

李玉春：《許達然文學觀及其文學表現》，國立台灣師範大學國文學系在職進修碩士班，2006年。

李如凰：《認同與性別意識 —— 聶華苓長篇小說研究》，嘉義：國立中正大學台灣文學所碩士論文，2010年。

何淑華：《鍾理和地誌書寫與認同形構歷程研究》，台東：東華大學中國語文學研究所碩士論文，2007年。

吳雅蓉：《超越悲劇的生命美學——論鍾理和及其文學》，嘉義：國立中正大學中國文學研究所碩士論文，1998年。

吳國銘：《柏楊小說研究》，國立屏東教育大學中國語文學系碩士論文，2010年。

林翠真：《台灣文學中的離散主題——以聶華苓及於梨華為考察對象》，台中：靜宜大學中國文學研究所碩士論文，2002年。

陳良真：《潘人木小說研究》，屏東師範學院語文教育學系碩士論文，2004年。

陳敏婷：《陳之藩散文藝術特色研究》，香港大學中文學院碩士論文，2009年。

陳俐安：《王鼎鈞的文學創作觀及其實踐》，國立台北教育大學語文與創作學系碩士論文，2010年。

馮睿玲：《聶華苓之《桑青與桃紅》中的空間與認同》，國立台灣師範大學英語研究所碩士論文，2002年。

楊明：《情色與亂倫的禁忌——論郭良蕙《心鎖》的遭禁》，佛光人文社會學院文學研究所碩士論文，2003年。

廖淑儀：《被強暴的文本——論「《心鎖》事件」中父權對女性的侵害》，台中：靜宜大學中國文學研究所碩士論文，2003年。

國家圖書館出版品預行編目資料

文學史敘事與文學生態：戒嚴時期台灣作家的文學
史位置 / 應鳳凰著.
-- 初版.-- 台北市：前衛，2012.11
240面；15×21公分

ISBN 978-957-801-685-9（平裝）

1.臺灣文學史　2.作家　3.文學評論

863.09　　　　　　　　　　　　　101005480

文學史敘事與文學生態
戒嚴時期台灣作家的文學史位置

著　　者　應鳳凰
責任編輯　陳淑燕
美術編輯　宸遠彩藝
出 版 者　前衛出版社
　　　　　10468 台北市中山區農安街153號4F之3
　　　　　Tel：02-25865708　Fax：02-25863758
　　　　　郵撥帳號：05625551
　　　　　e-mail：a4791@ms15.hinet.net
　　　　　http://www.avanguard.com.tw
出版總監　林文欽
法律顧問　南國春秋法律事務所林峰正律師
總 經 銷　紅螞蟻圖書有限公司
　　　　　台北市內湖舊宗路二段121巷28、32號4樓
　　　　　Tel：02-27953656　Fax：02-27954100
出版日期　2012年11月初版一刷

定　　價　新台幣250元

*「前衛本土網」http://www.avanguard.com.tw
*加入前衛facebook粉絲團，上網搜尋「前衛出版社」並按"讚"。
⊙更多書籍、活動資訊請上網輸入關鍵字"前衛出版"或"草根出版"。